诗 意 水 韵

——作家笔下的九都

宁德市文学艺术界联合会
中共蕉城区委宣传部 编
蕉城区文学艺术界联合会
蕉城区九都镇人民政府

海峡出版发行集团 海峡文艺出版社
THE STRAITS PUBLISHING & DISTRIBUTING GROUP　Haixia Literature & Art Publishing House

图书在版编目(CIP)数据

诗意水韵:作家笔下的九都/宁德市文学艺术界联合会等编. —福州:海峡文艺出版社,2023.11
ISBN 978-7-5550-3491-9

Ⅰ.①诗… Ⅱ.①宁… Ⅲ.①纪实文学—中国—当代②散文集—中国—当代③诗集—中国—当代 Ⅳ.①I217.1

中国国家版本馆 CIP 数据核字(2023)第 202091 号

诗意水韵——作家笔下的九都

宁德市文学艺术界联合会
中共蕉城区委宣传部 编
蕉城区文学艺术界联合会
蕉城区九都镇人民政府

出 版 人	林 滨
责任编辑	朱墨山
出版发行	海峡文艺出版社
经 销	福建新华发行(集团)有限责任公司
社 址	福州市东水路 76 号 14 层
发 行 部	0591—87536797
印 刷	福建名彩印刷有限公司
厂 址	福建省闽侯县甘蔗街道南兴路 7 号 C 栋
开 本	720 毫米×1010 毫米 1/16
字 数	175 千字
印 张	12.75
版 次	2023 年 11 月第 1 版
印 次	2023 年 11 月第 1 次印刷
书 号	ISBN 978-7-5550-3491-9
定 价	69.00 元

如发现印装质量问题,请寄承印厂调换

前　言

　　党的二十大报告提出，全面推进乡村振兴。党的十九大以来，在习近平新时代中国特色社会主义思想指引下，在宁德市委、市政府的坚强领导下，闽东人民以只争朝夕的干劲、滴水穿石的韧劲，走出了一条具有闽东特色的乡村振兴之路。

　　为展示闽东乡村振兴伟大进程中取得的新成就和新面貌，宁德市文联多次组织文艺家深入村镇，深入生活，开展文艺创作和宣传。此次，宁德市文联又协同蕉城区委宣传部、蕉城区文联选取独具特色的蕉城区九都镇，组织作家、摄影家精心采风创作，并编辑出版《诗意水韵——作家笔下的九都》一书，旨在以文学的形式，描绘当地优美的自然生态景观，挖掘其深厚的红色历史人文底蕴，讲好上下一心、努力奋斗的精彩故事，从而以点带面，以文艺形式讴歌宁德市实施乡村振兴战略以来，凝心聚力谋发展，开拓进取谱新篇的光辉历程。

　　"好山好水好风光，有诗有景有远方。"暖风醺人的夏日，山屏水带的九都镇如一朵淡雅脱俗的菡萏，在宁德市蕉城区中北部徐徐绽放。

　　这是绿水青山的生态九都。从支提山上俯瞰，整个九都绿荫拂面、幽草遍地，灵动清冽的霍童溪蜿蜒穿行其中，沿岸的扶摇、九仙、云气、贵村、洋岸坂、九都等村庄，犹如玛瑙翡翠镶嵌。近年来，该镇以水为媒，通过河流整治、水岸整理、古树维护、亲水平台打造等一系列措施，打造了独特的"水韵九都"水利风景区，吸引着众多游客前来观光休闲。2019年，九都水土保持科技示范园成功入选国家水土保持科技示范名单，成为全省唯一入选的单位。

　　这是星火燎原的红色九都。九都三面环山，一面傍水，山区曾是闽东苏区以及三年游击战争时期红军重要的根据地，中共闽东特委会议遗址横贝头村、闽东游击纵队成立旧址铁牛栏村、红色供销合作社遗址石墩村、亲母岭战场旧址、巫家山闽东红军独立师后方医院遗址、闽东红军后方医院遗址、乌坑村红军洞遗址……这片土地的红是从历史深处层层积染而来的。1934 年 8 月，中央红军北上抗日先遣队六千余人途经九都，在扶摇村渡过霍童溪，留下"军民原是同根树，山枯石烂情谊长"的歌谣，至今还在这片红色土地上回响。

这是文脉赓续的诗意九都。2019 年 5 月 13 日，"青春回眸·宁德诗会"在九都镇云气村正式启动，来自全国各地的著名诗人，以及"闽东诗群"代表诗人的佳作被镌刻在浣诗滩的石头上，与百年前镌刻诗文的青石隔空相望，打造出极具人文特色的"云气诗滩"，成为诗坛的一道美丽风景线。在它身边，有洋岸坂的十里荷花、贵村的百年渡口、九仙的畲族风情、石墩的万亩竹林、乌猪滩的悠悠诗韵……九都，成为离城市最近的诗与远方。

这是朝气蓬勃的水韵九都。新时代以来，九都镇在市、区党委、政府的正确领导下，立足新发展阶段，贯彻新发展理念，不断推进巩固拓展脱贫攻坚成果同乡村振兴有效衔接，人居环境得到全面改善，宜居乡村成果丰硕，人民生活持续向好，民生福祉全面增进，实现了高质量跨越式发展。

今日九都，已然成为整个闽东乡村发生巨变的一个缩影。君且看，绿树掩映、民居崭新、村道平坦、产业兴旺，一幅乡村振兴的美丽画卷正在闽东大地铺展……

编　者

2023 年 11 月

目 录 / CONTENTS

■ 纪 实

■ 散 文

■ 诗　歌

3

纪实

水之畔兮，九都逐梦振兴

◎ 郑雨桐

水之畔兮，九都逐梦振兴

山之侧兮，隐人烟；水之畔兮，映乡情。

此般场景，是否是多数人心中对诗和远方的憧憬？

宁德市蕉城区九都镇，一个娇似画中来的美丽乡镇，徜徉过历史的长河，出落得愈加清新脱俗，在初冬的暖阳下，折射出五彩斑斓的色彩。

乡村振兴，是如今每一个乡镇都不懈追求的梦想。近年来，九都镇主动适应经济发展新常态，积极融入蕉城区发展大局，加快实施"创双百、促提升"赶超行动，在新时代不断攻坚克难、奋力拼搏，在乡村振兴的逐梦之路上奋力奔跑！

以人为本，托起民生"底色"

生活是一点一滴好起来的，日子是年年岁岁过出来的。领略从摆脱贫困到乡村振兴的伟大历程，党委、政府的精准施策和村民发展的内生动力，正是如今小康生活的"幸福密码"。

九都镇九仙村，30多年前还是一个出了名的穷山村，摇摇晃晃地"挂"在半山腰上。村民随意把生活"装"在那茅草屋里，与艰苦条件做着斗争。

可屋漏偏逢连夜雨。1987年9月11日凌晨，12号强台风袭击宁德，强风暴雨导致九仙村发生泥石流。一夜之间，家毁人亡的惨剧让这个穷山村雪上加霜。

悲过了，怨过了，颓过了，可日子还要继续，村民从来不敢也不能放弃对生活的信心。群众没有放弃，党的关怀也从来没有放弃。1988年2月，在各级党委、政府的关心帮助下，上九仙村迁往枇杷岗，建设九仙新村。时任宁德地委书记的习近平同志更是两度深入九仙新村，走访慰问受灾群众，协调解决灾后生产困难问题。此后，九仙村被列入"造福工程"点，开启了生活的新篇章。

故事到这里照理就结束了，可九仙村又一次迎来了意想不到的蜕变。2018年，衢宁铁路宁德段的建设正好涉及九仙新村，需要征用九仙村民现居村庄。又要再一次搬迁，村民们忧心忡忡。可没想到，这让他们开启了更加幸福的生活。

蕉城区在村庄附近新建现代小区九仙花苑来安置村民。九都镇为了帮助村民更好地搬进新家园，想方设法出实策、解难题，不仅提供了一系列优惠政策来减轻群众的建房成本，还对整个安置小区统一规划、统一施工，确保群众搬得安心、住得放心、过得舒心。

这样的例子不胜枚举——按三级公路标准建设Y110九贵线公路；完善各村道路、水利、路灯等农村基础设施建设；完成镇区人居环境整治及路灯改造；建设蕉城区首家全寄宿制公办农村中学……解决民生急难愁盼之事，是发展的出发点和落脚点。九都镇始终把保障和提升民生事业，作为工作的重中之重，精心雕琢着群众生活的未来蓝图，编织好每一个乡村绮梦。

值得一提的是，这方美好的梦境中，亦折射着老区人民共同致富的闪耀光芒。那些在战火纷飞岁月中，为革命事业助燃星星之火的希望之地，熬过艰难困苦的时光，终是迎来了曙光。

石墩村位于九都镇西北部偏僻山区，属革命老区基点村。革命战争年代，有史可查参加革命以及北上抗日者12人，其中更有叶飞曾经的通讯员。村内现存"百姓谋生合作社"，即闽东供销总社遗址，里头"装着"一段惊心动魄的革命故事。

"近年来，我们石墩村不断增强内生动力，向着集乡村产业振兴、红色旅游文化和休闲养生度假为一体的特色乡村发展。"石墩村驻村第一书记李亮介绍。在各级党委、政府的精准施策下，在市人大常委会、文联、税务局、中医院、临港公司等挂钩单位的帮扶下，在全村干群的共同努力下，村里的基础设施完善了，特色产业壮大了，日子一点一滴变好了，老区人民在乡村振兴的道路上，迈出了更加坚定的步伐。

而这样的温馨画面，在乌坑、华镜、赖岭、溪边、坑尾、扶摇等老区村并不难见到。红土地上精彩上演的故事，诠释着党和人民群众血脉紧相连，成为九都民生画卷里的一抹靓丽色彩。

因地制宜，打造发展"特色"

家园越来越美，干劲自然越来越足。如何借助振兴的"东风"，向着未来再使一把劲、再踩一脚油门，成了摆在九都镇面前的新问题。

习近平总书记曾寄语下党乡乡亲们"努力走出一条具有闽东特色的乡村振兴之路"，为闽东乡村振兴事业指明了新方向。如何抓住一个"特"字，九都镇多年的实践证明，关键在于因地制宜、激活潜力。

九都镇是蕉城区著名的"茶果之乡"，全镇粮播面积3971亩，茶园面积约5700亩，枇杷、柑橘、翠冠梨等果蔬种植面积合计近万亩。

面对发展的新形势、新要求，九都镇着力修好"内功"、增强"内力"，提升产业质量和效益，打造九都特色农业品牌。

根据各区域特点和优势，九都镇谋划好发展思路，推进以九都村、贵村村、洋岸坂村为中心的高优枇杷、柑橘和兰花种植基地，以华镜村、溪边村为中心的毛竹、高山茶叶种植示范基地，在贵村村及周边推广枇杷品种改造示范片，形成高优农业区域化发展格局。

如今，走进九都镇贵村村枇杷改造提升示范基地，感受到的是不一样的新生机——新引进的白枇杷品种棵棵长势喜人、果香袭人。

枇杷产业是贵村的特色产业，产出的晚熟枇杷甜度高、水分多，享誉临近县乡。近年来，为了避免因品种老化而使枇杷产业走下坡路，村里对枇杷产业进行提升改造，先后投入30多万元，从浙江、福建福清等地引进白枇杷品种，设立村集体示范种植区、推广改良区共800多亩，巩固特色产业发展，实现村集体和村民双增收。这仅是九都做强做优农业的一个生动缩影。该镇把每一点"绣花功夫"都用心地浇灌在乡村产业上，浇出了新品质、新模式、新效益、新希望——推进茶园改造和流转500亩，实现茶叶认筹16亩，打响"支提山"品牌；扶持壮大辖区宁思源、绿银农业、春宇农业等公司以及各村农业专业合作社，引进推广套袋技术，实施水肥一体化喷灌微灌，提升农产品产量和品质；落实村级集体产权制度改革，13个村全面成立农村集体经济组织，带动村强民富……

随着衢宁铁路的通车，九都镇兼具优良生态和优越区位的优势更是开始凸显。当地党委、政府抓住这一机遇，积极打造乡村振兴示范带，重点围绕"一个园区、两个中心"目标，努力建成集散地型"生态农业+"特色小镇，致力打造蕉城霍童溪生态经济区农产品精深加工园区、蕉城区农产品集散交易中心、集产学研为一体的教育基地。

一幅更优质、更现代、更新型的产业之图，在闽东大地缓缓铺陈开来，展现出九都色彩的缤纷，勾勒出九都符号的特色，让具有九都特色的乡村振兴路径愈加明晰。

激活生态，描绘清新"水色"

如果说打造"特色"，是九都加快发展的强大动力，那么渲染"水色"，就是九都镇最长远发展的根本保证。坐拥美丽霍童溪资源的九都，对"绿水青山就是金山银山"的辩证题有着自己的实践探索。

走进九都镇贵村村，特色古民居承载着历史的记忆，在枝繁叶茂的古树荫蔽下错落有致。秀美的霍童溪宛若一条飘逸腰带蜿蜒其间，牵连起若隐若现的茶香，奏响清新生态的交响曲。

近年来，九都镇贵村村以"水韵故居"为主题，依托古渡口、古民居、古榕树群、房车营地等景点，将商业、民族特色、生态文化等进行融合，大力推动具有乡土风情、蕴含当地特色的文化旅游事业的发展，让霍童溪充分释放生态红利，使一个贫困、闭塞的古村落脱胎成一个朝气蓬勃、欣欣向荣的美丽乡村。

2020年11月，村民张秋云看准生态旅游的前景，决定将靠村口临街的自家房屋好好利用起来，创办了"水韵农家乐"。

绿色瓜果蔬、自然田园景、可口农家菜……农家乐开张以来，吸引了许多游客前来就餐住宿。张秋云也实现了家门口创业，从"生态银行"中支取了一笔又一笔"利息"。

魅力风景带来火爆人气，贵村村年接待游客数超10万人次，荣获"国家级传统村落""省级特色旅游名镇名村"等称号，成为"绿水青山就是金山银山"的生动写照。

无独有偶。如果说贵村村描绘了村强民富的水墨画，云气村则填满了浪漫隽永的诗句。云气乌猪滩，因溪石色青黑如猪而得名，河滩上几块大青石，石面上留有孙中山秘书黄树荣以及其他闽东才子郑宗霖、陈文翰等的优美诗文，百余年来静静地躺着，似是诉说着一段不为人知的往事。

霍童溪浸润了闽东文脉，而如今文化又成了生态最美的修饰。九都镇云气村着力打造"云气诗滩"，先后举办了"青春回眸·宁德诗会""'云气诗滩'森林音乐会"等，邀请作家、音乐家等共聚一堂、施展才华，用秀美水色托起诗韵。"云气诗滩"也被中国作家协会旗下的中国诗刊社授予"中国第一诗滩"美称。

九都镇始终把生态作为立镇之本、发展之根，下大力气做好保护和开发两篇文章，不仅累计投入 3500 多万元，对九都境内霍童溪干流及 6 条一级支流进行生态防洪改造提升建设，打造万里安全生态水系，还投入 600 多万元实施宁德市九都水土保持科技示范园创建工作，建成科普教育区、科研试验区、水保治理示范区、植物园区、休闲与观光区等五大功能区，打造宁德市唯一"国家级水土保持科技示范园"，让"水色"成为九都镇最美的一抹颜色。

水之畔兮，逐梦振兴。回首往昔，九都镇以只争朝夕之干劲、滴水穿石之韧劲，干出了一番又一番精彩的业绩，书写了一篇又一篇发展华章。展望未来，九都镇必将继续奋斗、苦干实干，在新时代乡村振兴的道路上踏出更加铿锵有力的坚定步伐！

竹生空野

——宁德市蕉城区九都镇采风侧记

◎ 范秀智

你见过一大片一大片密密匝匝的竹林吗？每一根竹子都挺拔修长、不折不弯，伸出的每一根枝丫都奋力向上、傲骨迎风，就连竹叶都是刀锋的形状，狭长锐利、直指苍穹。大片的竹生于山野之间，牢牢地把根系扎进脚下的土地，默默护佑着这片土地上的生灵，直到晨曦微明、红日当空……

一

3月12日，宁德市文联与蕉城区九都镇党委、政府共同举办"走进水韵九都，追寻红色印记"文艺采风活动，组织市内20多位知名作家走进九都镇，分组深入石墩、坑尾、乌坑、赖岭、扶摇、华镜、溪边等支提山沿线村庄，探访现在，追寻过往。

临崖山路曲折绕弯，车沿着山路艰难行进，从车窗看去，一片片翠绿的竹林寂静地站立于周边山谷。当田野和村庄次第出现，视野慢慢变得开阔，石墩村到了。放眼望去，草木房屋都带着些古拙的气息。黄墙黑瓦、苔痕斑驳，墙上残留的标语赫然是20世纪七八十年代的，奔腾的时光之河突然在这里变得平缓。

顺着石阶，我们走近石墩村"百姓谋生供销合作总社"遗址。石厝土木结构，门头简陋，早已失去遮风挡雨的功能，门侧挂着的木牌已经很陈旧了，在风雨岁月的侵蚀下，墨渍被冲刷后渗入木板，墨色深深浅浅，字迹也变得模糊。门内正厅基本保留原貌，房梁和四周墙壁的漆面在漫长的时光里逐渐脱落，即便安装着日光灯，屋子里也还是显得昏暗。一排靠墙的木质货架上，陈列着的老物件，大都是瓦罐竹篓，还有一个红色的小鼓，最显眼的是一台老式的磁带录音机。四周柜台刚好围住货架，只留有一人进出的通道，上面放着一杆秤，秤砣和秤钩早已锈迹斑斑。大约是少了人的气息，整个房屋透着些寂寥和萧索。

可我们把目光投向历史深处时，这里却是人来人往，货进货出，一派繁忙景象。1947年，桃花溪地区在闽东红军北上抗日后遭到国民党反动派的严重摧残，田园荒芜，炊烟断绝，民不聊生。时任闽浙赣区党委常委兼军事部长、闽东地委书记的阮英平同志为了恢复当地经济活力，借鉴了老解放区经验，成立了合作社，总社设在石墩村，下设石墩、黄土岭、曲坑、下宅四个分社。从此，合作社便承担起"发展经济、保障供给"的重任，采购日杂用品供给当地百姓，贷款解决急难问题，帮助百姓发展副业增收，甚至还帮忙为群众杀猪、代售鸡蛋等，深受群众拥护和欢迎。百姓们得到资助后，生活改善，党群关系也更加密切。

1947年，是一个特殊的时间点。1946年内战全面爆发，1948年三大战役决战，中间的1947年，被历史学家金冲及老先生称为"转折年"。这一年，国共两党在军事、经济、政治等方面都发生了历史性的转折。当然，在波澜壮阔的历史进程中，石墩村合作社的成立与短期运行只是其中一个小小的碎片，但在当时当地，却为百姓们注入了强有力的信念：中国共产党是为穷苦百姓打江山的，是让老百姓过上好日子的。这个信念就像是一团小小的火焰，渐渐壮大，直至呈现燎原之势。

但在曙光将明之前，已经有无数的身躯为驱除黑暗而倒下了。石墩村，这个仅仅几百人的村庄，留有姓名的革命烈士就是 10 人，戴振基、戴孟利、周章志、周第四雅……还有很多口口流传，但无法证实的无名英雄。我们见到了曾任叶飞通讯员的闽东游击队员戴振基的儿子，他用平静的口吻聊起他的父亲，聊起那段烽火岁月，聊起沉重又热血的过往。当通过语言回溯历史时，我们可以想象每一个细节，却永远无法抵达真相。只有亲历者，触摸过烽火燃烧的地面，切身感受过死亡的擦肩而过，我们此时的感叹于他而言，不过是一声浅薄的叹息。

下村委楼的楼梯时，已经高龄的戴老先生腿脚不便，挂着拐杖，却拒绝所有人的搀扶，艰难地挪动着拐杖，慢慢走远。村干部说，这样的老人村里还有很多，近几年村里盖了一座孝老食堂，为独居老人提供早餐，不只是为了方便他们的生活，更主要的是通过用餐，村干部能及时了解老人们的身体情况，以免他们病倒在床上无人知晓。

离开石墩村的时候，我又看到那一大片一大片的竹林，密密匝匝地围绕着这个小小的村庄，就像一个个并肩而立的身影，在狂风暴雨中岿然不动，在千磨万击中愈发坚韧。

二

亲母岭位于九都镇坑尾村与洋中镇邑堡村的交界处。竹林幽密，我们踩着不知道多少层的落叶步行，没有路，只能披荆斩棘开辟出一条通道。站在亲母岭上，我们发现，这里山青水绿、空气清新，是一个让人愉悦放松的景点，但在 1937 年，这里却是一处战场。那些生死相搏、埋骨累累的场景，只有那些年轮老去的树木目睹过。如今，所有的一切都被枯荣轮回的草木遮掩，隐入大地的最深处，徒留空荡荡的山谷、奔流不息的溪流和遥远的回声。

我们此刻就站在瞭望台上，遥想那场力量与智慧交织的生死之战，沉着冷静的首长叶飞、英勇无畏的闽东红军独立师、众志成城的当地群众，以及如同丧家之犬的国民党反动派。枪声、喊声、惨叫声、号角声……回荡在山谷之间，亲母岭与黄土岭无声对峙，两岭之间，大泽溪的支流——伞溪，穿流而过，朝着光明和希望的方向，义无反顾、昼夜不息，只凭着炽热深邃的情感与坚定不移的信念，奋力流淌着……

三

坑尾村是此行的最后一站。刚好是正午时分，村人大多在屋里吃饭休息。迎接我们的，除了村干部，还有 2 棵 500 岁高龄的高大水松，一左一右立于村口，长者似的相迎，让我们受宠若惊。水松旁立有一座黑色石碑，上刻阮英平同志于 1947 年所题的《湖山纪诗》："湖山竹影几千秋，万景重溪水长流。眼看东南巍西北，革命胜利再来游。"坑尾村并不大，但此处曾是闽东红军独立师的秘密寮所在地，具体地点就设在坑尾村的林公宫中。以铮铮铁骨连毙三虎为民除害，护佑一方平安的林公，在几百年后，以他的住所庇护了一群为国为民、不畏生死的无名英雄。

革命时期，这样的红色地下联络点遍布闽东、遍布全国，它们往往隐藏在不起眼的地方：寺庙、药铺、茶馆、宗祠、民房……担负着发动群众、宣传革命思想、传递情报、运送物资，甚至护送同志等任务。这样的联络点主要依靠当地的百姓，他们对地形熟悉，知晓很多隐秘的路线，还有亲戚朋友打掩护。在看不见的战场上，他们游走在刀尖上，以惊人的智慧、过人的胆识藏匿情报、传递信息，面对凶残的敌人镇定自若，面对危险的处境不计生死，如同星星点点的火焰，无声地燃烧着，最终汇集成一片赤红的火焰，冲破黑暗的封锁与压制，迎来最后的光明。

回程路上，坐在车上的文友们皆沉默不语，若有所思。窗外闪过的一大片一大片竹林，如同一个个持枪而立的坚毅身影，依旧守护着人间安宁。英灵不灭，精神永存……

日升月落，山重水复，还有许多隐秘伟大的故事在这片叫作"九都"的土地上流传着，回荡着。于桃花溪诞生的中国工农红军闽东独立师，在支提山成立的闽东独立师，纵身跳崖壮烈牺牲的百丈岩九烈士，奔赴战场舍生忘死的闽东儿女们……青山处处埋忠骨啊！这一首首用鲜血谱写的悲壮史诗，有的还能听到回响，有的却早已湮没。幸好，山河不曾忘，祖国不曾忘。

你看，此刻满目葱茏、炊烟正暖。

你看，此时人间祥和、国泰民安。

盛世如所愿，以此慰英魂。

散文

霍童满溪都是诗

◎ 章　武

闽东山多。但这里的大山性子急，就像一群莽汉，兴冲冲往东海跑，结果，收不住脚，全都一下子踩进了大海，于是，海涛的轰鸣声中便有了林涛的交响。

好在有条霍童溪。它在群山之中穿针引线，绣出一条长长的玉带，柔柔地弯着，绕着，旋转着，让山与海之间的距离，多少拉开了一些，有了缓冲，有了铺垫，有了更为从容的过渡。

都说"在山泉水清"，但出山的溪水也不见得浑浊。远看，春江水涨，两岸的竹林、茶山和果园倒映其中，绿莹莹的，就像"雪碧"一般。"八闽第一水"，果然名不虚传。岂止是八闽！如今，遍布中国的江河溪流，能如此幸免污染的，怕是越来越少了。

水好，自然茶果飘香、鱼虾鲜美。被郭沫若誉为"天湖"的三都澳，之所以有名扬全国的大黄鱼，我想，不能不归功于霍童溪这圣洁的"天水"源源不断地注入。

驱车从入海口沿溪上溯，左岸一串以数字为序的村镇，皆以古意盎然的"都"字命名，且一都一品，每一都皆盛产一品佳果。同行的书法家陈远，别看他满脸络腮胡子，长得像蒙古大汉，但说起此间的水果，却如数家珍，目光中充满了柔情："六都草莓香，七都荔枝甜，八都龙眼熟，九都枇杷黄……"

可见，这里从初春到仲秋，都有溪水酿造出来的芬芳与甘甜。

时令正是初春，枇杷尚未成熟，龙眼尚未着花，荔枝也来不及脱下墨绿色的冬装。正当令的是草莓，公路两旁，村街里外，满坡满垅，满车满筐，都是它红通通的笑靥，让人一见钟情。遥忆多年前到陕西临潼华清池，发现当年的杨贵妃之所以驻颜有术，不仅有骊山下的"温泉水滑洗凝脂"，有从四川运来的荔枝让她"一骑红尘妃子笑"，更有当地盛产的红草莓，不断染红她的樱唇呢！想必，霍童溪畔的村姑们，有如此佳果滋养，个个也都是天生丽质的大美人吧。

穿过七都的荔枝林，溪流一拐，水中央出现了一片绿洲。洲上全是茶园，一畦畦茶树丛，刚吐出嫩嫩的新叶，齐刷刷的，如洗过一般。又有个渡口，躲在竹阴底下，面前，泊着一只小舟，如同一个醉汉，伸开四肢仰天酣睡。乍看，野渡无人舟自横，细瞧，横空一根细细的缆绳，行人只要伸手即可攀之自渡过河，倒也随意得很。我想，做人也好，为文也好，能达到如此顺其自然的随意地步，也算是渐入佳境了。

陈远说，此洲与李白笔下长江中的洲同名，叫"白鹭洲"。顾名思义，是白鹭们栖息的乐园。可惜此时此刻，不知它们都飞到哪里去了，竟缘吝一面。在我的心目中，飘逸的白鹭是诗人的化身，我不懂诗，来访不遇也就免礼了。

清流又往上游方向拐了几拐，开车的散文家郑承东却把车子拐进了一片枫林，说是先到溪边去看一件小品。

这小品果然像一幅古代的文人画。枫林，古渡，小渔舟。平流，沙滩，鹅卵石。它们，全在倒映在天光云影中，静静地聆听着汨汨的水声。令人不解的是，溪床上凭空飞来近百块石头，大大小小，一半散落在水中，一半横架在卵石滩上。走近细瞧，那石头，全是青色的花岗岩，长年的风吹浪打、日晒雨淋，早已磨去了所有的棱角，浑圆、洁净、光滑。最大的那块，胖乎乎、圆滚滚的，如一只大母猪，憨态可掬。怪不得，此地俗称"乌猪滩"。一乌一白，与下游的白鹭洲倒也遥相呼应。令人惊奇的是，这些石头上，竟镌刻有古人的诗句，多达数十首。其中，有吟咏风景的，也有畅叙友情的。字迹多漫漶不清，但有一首用行书题写的五言律诗，题为《乌水踩舟留别吴君春庭》，却依然字字分明：

久雨如病醒，逢晴忽眼明。

沙平两岸白，风迅一帆轻。

垂老无所好，所思在远行。

汪伦劳送别，潭水有深情。

此诗写于何年何月？作者是谁？被他比作李白挚友汪伦的吴春庭，又是何许人也？这一切答案，全都沉没在汩汩的涛声之中。

看来，此间诗风鼎盛，古已有之。怪不得当今的"闽东诗群"，不仅享誉八闽，而且扬名全国，其灵感的源泉，莫非就在这霍童溪？

告别霍童溪，车子拐上了前往支提山的盘山路。但我的心似乎还浮沉在溪水之中。从山上回望弯弯的霍童溪，更感觉到它满溪流的都是诗。猛想起闽东诗群有个"丑石"诗社，出了个在全国颇有影响的《丑石》诗报，那丑石，莫非就是我刚才看到的，乌猪滩上的那块状似母猪，并在猪背上刻有诗句的大石头？那石头，可是丑中见美，丑中寓善，丑中饱含真情的灵石呢！它，岂不可以用作诗社的社标、图腾？

当然，闽东诗人个个都是才貌双全的俊男倩女，一点儿也不丑，我姑妄言之，只是聊供诗友们一笑罢了。

石墩往事（外一篇）

◎ 唐　颐

　　石墩村的山岭上，坐落着一幢老厝，土墙黛瓦，斑驳沧桑。老厝大门旁挂着一块精致牌匾，上书"蕉城区红色文化旧（遗）址：石墩'百姓谋生合作社'总社旧址"。当我走进大门，抚摸陈旧柜台与脱漆算盘，浏览署名主席叶飞，副主席阮英平、范式人的"中华苏维埃人民共和国闽东军政委员布告"，解读阮英平重返闽东历时9个月的革命踪迹，眼前似乎浮现出70多年前，那个风雨如磐，又激情燃烧的岁月：

　　1947年4月，时任华东野战军一纵一师政委阮英平受中共中央派遣，秘密回到福建，任中共闽浙赣区党委常委兼军事部长。他的任务是在国统区领导游击战争，开辟敌后战场，配合解放区正面战场作战。华野首长对此高度重视，陈毅和张鼎丞专门设宴为阮英平饯行。我猜想，那宴席间举起的应是一杯杯壮行酒，乐观且浪漫，豪气干云霄，但壮行者其实做好了牺牲准备。据《阮英平传》记载：1947年4月4日晚，阮英平与妻周础商定："今后，我们两个不管哪一方先牺牲了，都要守信三年，带好孩子，此后再考虑再婚问题。"次日清晨，阮英平亲了亲梦香中的一对年幼儿女，义无反顾地踏上入闽征程。

　　那就是一幅"风萧萧兮易水寒，壮士一去兮不复还"的场景。

同年 7 月的一天，阮英平回到闽东。自从他跟随叶飞北上抗日，阔别家乡已 9 年。土地革命战争时期，闽东老区群众称叶飞"一班首长"，作为副手的阮英平，被称为"二班首长"。此时，"二班首长回来了"的消息迅速传开，闽东苏区人民翻身闹革命热情再一次被激发。阮英平与黄垂明带领的游击队会师，闽东老区沸腾了，宁德桃花溪一带沸腾了。9 月，中共闽东地委在宁德洋中成立了，阮英平兼任闽东地委书记。此后，他们以桃花溪为中心，发动群众，恢复党的基层组织，开展游击战争，迅速拓展起来。据《黄垂明回忆录》记述：短短的几个月，桃花溪一带就有 20 多个村配备了党支部书记，每个村发展 3 至 5 名党员，40% 以上青年参加了民兵，配合游击队打击反动派。

二班首长就是老班长，久经沙场、威名远扬的老班长登高一呼，新老将士云集麾下，闽东革命形势如火如荼。

但自从闽东红军游击队整编为新四军六团北上抗日后，国民党反动当局连年摧残老区。他们修筑炮楼，拆桥破路，烧毁民房，滥杀无辜，致使田园荒芜、民不聊生。阮英平回到桃花溪时，正是青黄不接之际，老区群众无米下锅、炊烟几断。如不抓紧发展经济，老区的人力、物力和财力将消耗殆尽，必将影响开展敌后游击战争和迎接解放战争高潮到来。为此，阮英平决定借鉴当年延安经验，创办农民合作社，达到"发展经济、保障供给"的目标。

阮英平先在桃花溪的胡新坑村举办为期 3 天的训练班，召集老区各村党支部书记、党员以及城工部干部 40 多人参加。他向大家介绍了延安组织三大合作社（即供销社、信用社、农业社）对发展经济的重要作用。这些名词和作法让与会者感到很新鲜、很有吸引力，很受鼓舞和启发，大家商定取名"百姓谋生合作社"，并确定"自力更生、群策群力、从小到大"的办社方针。

为了解决办社经费困难，阮英平从党的活动经费中提取 200 万元，又吸收 111 户社员股金 200 万元，同时发动地方干部和游击队员自愿捐献，一共捐资 200 万元。合作社用 600 万元作为办社基金，在桃花溪一带的石墩、黄土岭、曲坑、下宅创办起 4 个苏区合作社，总社设在石墩村。

合作社一成立，就采购了一批大米、鱼货等食品，救济特困群众。合作社提供贷款和物资给农户，组织他们搞副业，增加收入后再还给合作社。许多农户通过锯木板、打草席、编箩筐等副业，度过了青黄不接的时节。曲坑村群众几乎半年以上是吃野菜充饥，合作社就给这个村贷款 165 万元，购买 80 担大米，帮助解决燃眉之急，让他们有信心发展生产。阮英平还亲自扛起农具，带领 60 多名游击队员，帮助曲坑村群众耘田，确保稻谷丰收。合作社采取了一套切实可行的办法，传承了革命根据地人民自力更生、艰苦奋斗的精神，为开展闽东敌后游击战奠定了物质基础，也赢得了老区人民的由衷拥戴。

国民党反动当局对此恨之入骨，1947 年底，派出省保安五团向桃花溪一带老区大举进攻，血雨腥风之下，闽东百姓谋生合作社被迫中止。

我们今天回首审视这段历史，闽东第一个合作壮虽然存在的时间只有 4 个月，但它的实践与成功，是阮英平在闽东老区的一个创举，也是党领导经济工作的一个生动案例，为闽东革命史写下浓重一笔。但不幸的是，1948 年 2 月 3 日，阮英平遭受图财害命的歹徒暗算，虽奋勇拼搏，终寡不敌众，壮烈牺牲。

我曾想，如果阮英平未遭不测，这位文武双全的战场指挥官，定能成为社会主义建设时期主政一方的好领导。堪是令人一声长叹：天妒英才！

壬寅年惊蛰时节，我们采风小组走进石墩村，追寻红色印记，在座谈会上，听到一个富有传奇色彩的故事。讲述人是村老支书周盛康，今年 70 岁。他说，那年一个夜晚，国民党保安团突然包围了石墩村，企图抓捕合作社负责人周水金，但保安团只知其名，不识其人。敌兵来势汹汹，砸烂农家番薯桶，撕裂晒谷簸席，将其点着，燃起熊熊大火，把全村人都赶到大坪上，分成男女列队，让每个女人喊着自己男人姓名，牵手领出。周礼金的妻子看出敌军诡计，急中生智，朝着丈夫喊到："周大涿（小点点的意思），跟我走。"周礼金也不动声色，坦然与妻牵手而出。敌军毫不知情，局势化险为夷。从此以后，全村人都叫礼金为"大涿"，还调侃道："'大'字加一'涿'，不是'太'就是'犬'，你干脆叫'大犬'好了。"

这故事很接地气，应该可以拍成电影：老区贫苦女子的机智镇定，平民百姓的团结勇敢、保安团的凶残愚蠢，还有凛冽寒风。熊熊烈火、黎明前的黑暗，一幅多么惊心动魄的场景。

而今石墩村最丰富的自然资源是毛竹，一个只有近500人口的山村，拥有毛竹林6500多亩。那天中午，我们一行人徒步2000米，翻山越岭，探访著名的"亲母岭战斗遗址"。一路穿行于浩瀚竹海中，灿烂阳光洒泼竹林间，让人感觉这里的毛竹特别明亮、特别挺拔、特别青绿。

石墩村党支部书记兼村民委员会主任戴必添是个中年汉子，举手投足间充溢着一股利索劲。他告诉我，石墩人外出打工和当企业老总的不少，大多数人从事建筑领域的脚手架产业。他们最初是出售家乡的毛竹用于搭建脚手架，接着发现从事搭建脚手架的技术工收入更高，便去学技术当工人赚工资，后来许多人熟悉了这个行业，了解到它的利润空间挺大，慢慢地就尝试着自己办公司当老总。发展到现在，石墩人开办的脚手架公司已达7家，同时还开办有2家建筑设备租赁公司。戴必添就是两家颇具规模的脚手架公司的老总。他的弟弟也是一家脚手架公司的老总，我们采风小组，就是乘坐他弟弟驾驶的宝马越野车进村的。

我询问戴必添："你能说说都参与了哪些项目的脚手架搭建?"

答："20世纪末有福鼎边贸城、福鼎公安局大楼等项目，近几年有宁德时代能源福鼎前岐片区、宁德上汽厂房等大项目。"

问："如果遇到大项目，你一家公司可以吃得下吗?"

答："当然可以。我们巴不得接到大项目，可以几家公司互相合作，互相支持，共同提高啊。"

我笑曰："石墩村的脚手架公司传承了闽东老区农民合作社的光荣传统，发扬光大，越做越强。"

大家都笑了。

倘若阮英平在天之灵听到我们笑声，也会颔首微笑。

百丈岩九壮士

那是一座突兀嶙峋的百丈悬崖。站在崖底，向上仰望，灰褐色的崖面似乎把天空都挡住了，只放入一道刺眼的阳光。1994年，叶飞副委员长在崖壁上的题词，如今油漆虽已脱落，但与崖石同色的"百丈英风"四个大字，反而显得愈加苍劲与沧桑。

那里曾出现过一幕与狼牙山五壮士同样悲壮的殉难场面：九名红军战士在与天空相接的崖顶，在萧萧寒风中，纵身一跃，与燕赵大地的五壮士一样，"风萧萧兮易水寒，壮士一去兮不复返"。

1936年的初冬，南方三年游击战争进入最为艰苦卓绝的时期。红军闽东独立师在叶飞、阮英平等带领下，艰难地反"围剿"。这一天，闽东特委组织部部长阮英平带领独立师第三纵队120余人，从连江、罗源一带转战到宁德虎贝乡的东源村。

东源村，秀峰环抱，山高林密。后门山中最高的一座山峰即为百丈岩。其因山岩状如三角，形同一袭巨大袈裟披挂在一位护法神身上，又被当地人形象地称作"袈裟岩"。袈裟岩背后约2000米处，是一座四四方方、状如冠帽、卓然于环山的石岩，这便是著名的霍山天冠菩萨说法台。

这天中午，小村庄的十几间土屋炊烟袅袅，乡亲们正忙碌于为子弟兵做饭，突然传来刺耳的枪声，那是哨兵鸣枪报警。原来国民党省保安团集结了3个连的兵力，从虎贝乡桥头和桃花溪方向包抄过来，妄图将我第 3 纵队一举消灭。军情紧急，为保存有生力量，阮英平下令迅速向后门山下撤退。就在百丈岩下，纵队和桃花溪方向扑上来的敌军正面遭遇。一场激烈的战斗打响了。此时，从虎贝方向扑来的敌军也传来了枪声，敌军合围包抄的阴谋即将得逞。阮英平当机立断，命令支队长阮吴近带领 20 多名战士抢占百丈岩制高点，居高临下阻击敌军，掩护纵队撤退。

敌军似乎发现了我军意图，也派兵抢占百丈岩。短兵相接，枪林弹雨。此时，阮英平抓住时机，迅速带领主力，从百丈岩左侧山下敌军火力薄弱地带冲杀出去，成功向天冠峰方向突围。

阮吴近和 20 多位弟兄，从临危受命那一刻起，早已将生死置之度外，他们唯一的目标，就是将敌军的主力多拖上一段时间，让我军主力突出重围。那是一场惨烈的恶战，弹药打尽了，就拼刺刀、砸石块，甚至贴身肉搏，毫不犹豫地抱着敌人滚下山崖同归于尽。最后，只剩下 9 名战士。他们边打边退，一直到了百丈岩顶的边缘。敌人蜂拥而至，叫嚣着："抓活的! 抓活的!"

我想，那一刻，九壮士应该相顾无言。那相顾无言，便是革命者理想与信念的承诺、坚定与无畏的默契。他们平静地砸烂枪支，一个接着一个，相继纵身跃下百丈悬崖……那一刻，硝烟弥漫处，热血飞溅百丈岩，也染红了冬日残阳。

那一刻，我不知道国民党保安团官兵如何面对如此惊天地泣鬼神的场面。我想，他们可以不理解，但应该惊愕，应该动容，应该敬佩，即使藏在心里，也行。那一年，我上狼牙山，导游告诉我，当年，几百名日本侵略者冲上狼牙山顶，发现与他们激战一日的中国军队只有 5 名八路军时，日本官兵排成队列，以军人的名义向五壮士跳崖处三鞠躬。

那一刻，就在不远的天冠菩萨如果有灵，他也一定感到疑惑：他的袈裟岩上怎么有 20 多名护法神前仆后继，舍生取义？其实，他应该理解，布尔什维克和它的追随者，就是这么一个个的护法者，为世界大同舍生护法。让我们记住九壮士的名字：阮吴近、冯廷育、余深德、高细瑶、谢兆量、何帮灿，遗憾的是，至今仍有三位烈士尚无法查证姓名，他们最年长的 34 岁，最年轻的仅 19 岁。

1984 年在纪念闽东苏区创立 50 周年时，福建革命历史纪念馆展示了一尊"红军血染百丈岩"的塑像，九壮士栩栩如生、动人心魄。那天，春寒料峭，百丈岩壁上的草枝尚未发绿，在寒风中瑟瑟抖动。虎贝乡政府的小黄说，清明节前后来这里，是最好的时节，满山遍野全是杜鹃花，包括百丈岩壁上的枝条，大红的、粉红的、紫的、黄的，是献给九壮士最鲜妍的花环。我想，这季节也有这季节的特点，极容易让人感受到在中国这片土地上，岂止是"燕赵多慷慨悲歌之士"啊！

那天，我们又去了虎贝乡的文峰村。在那，我们了解到，九壮士殉难一年多后，抗日救亡，国共合作，闽东独立师奉命改编为国民革命军新四军六团，其中一部分在该村集结整编。1938 年 2 月，以叶飞为团长、阮英平为副团长的 1300 多名闽东子弟兵，开赴江南抗日战场。我想，九壮士等如果没有殉难，一定在那英武的队列中。

那天，我们还去了虎贝乡彭家村。那里生长着一株树龄 1100 多年的杉树，2003 年被国家林业局命名为"杉木王"。同行的 8 个人极力地伸开双臂，才勉强围住树干。这株福建省最大的杉木王至今生机盎然。该村 60 多岁的彭大爷告诉我，他小时候见树头有一大洞，头可以伸得进去，后来洞口慢慢自然愈合，现在只有手掌才可伸进去了。神树（村民所称）每年仍硕果累累，结果 50 公斤以上，十分罕见。最奇特的是，杉木王的枝条全部向下顷斜，树形呈伞状，枝繁叶茂，郁郁葱葱。

杉木王当然见证过百丈岩九壮士壮烈殉难的场面，那垂下的枝条不就是在向壮士们致敬吗？

扶摇直上白云间（外一篇）

◎ 林思翔

不少外地来蕉城的人，往往只到沿海一线，看到的是三都澳港湾和大海。殊不知，在蕉城西部还有一片被称为"西伯利亚"的辽阔的深山腹地，由于地处悬崖丘壑绵延起伏的荒僻之处，修路困难，交通不便，"藏在深闺人未识"。前不久蕉城区经过2年多努力，耗资2亿多元，全长39.5千米的深山公路全线贯通，把蕉城东部沿海与西部山区腹地连接起来，使蕉城的东西南北形成了一个环状的路网。这条公路像一条大动脉牵起大大小小的乡道、村道，使全区的交通活了起来。

这条名曰"九（九都）贝（虎贝）"的公路，是一条通向深山荒野，联结偏僻村落的道路，对于繁荣山区经济，造福老区人民有着重要的意义。同时它也是一条观赏山地风光和人文史迹之路，更是一条红色旅游之路。

公路始于霍童溪畔的九都扶摇村。车子一开动，正如村名所示，便扶摇直上，一头钻进支提山国家森林公园的绿荫里。车子盘旋而上，山风频频吹拂。这里的森林公园可以说是竹林世界。车窗外，修篁茂竹随风轻曳，俊逸挺拔，苍翠欲滴。如下车细看竹丛下，新笋显露尖尖角，跃跃欲出，竹林下的空气清新而甜润。"翠竹梢云自结丛，轻花嫩笋欲凌空。"古人的诗句说的就是如此情景。面对浩瀚的竹海，我不禁想起了诗人苏东坡。苏老先生视竹为高雅超凡的君子，其吟竹名句"可使食无肉，不可使居无竹。无肉令人瘦，无竹令人俗"，几乎家喻户晓。苏老先生如漫游这山野碧于天的竹海，与万千"君子"为伴，保准能活到一百岁。

跃上葱茏几多旋，车子升到了海拔800多米的高度。前方路边拐进一段路，就是远近闻名的支提寺。这座始建于宋开宝四年（971）的千年古寺，为天冠菩萨说法道场，寺中如今还珍藏有毗卢遮那佛像、千圣天冠菩萨铁像、全藏经书、御赐紫衣等佛家四宝。当年任宁德县主簿的陆游"共语不知红烛短，对床空叹白云深"的诗句，表达的正是对支提寺向往和留恋之情。由于支提寺历史悠久，名气又大，因此就有了"不到支提不为僧"之说。

当然，令当今更多人了解支提寺的还因为它是一处红色圣地。1934年9月，闽东工农红军独立师在支提寺成立。全面抗战爆发后，这支闽东儿女组成的英勇善战的队伍在叶飞等领导率领下，奔赴抗日前线，在与日寇作战中屡立战功。他们中的伤病员成了"芦荡火种"，影视剧《沙家浜》的生活原型就是这支部队的指战员。如今支提寺旁边建起了文化广场，展示有关史料，成了一处爱国主义教育基地。

出寺门往前，地势稍显平缓。车子拐了个弯，绕进一段山路就到了桃花溪村。这个新楼土屋杂陈的山间小村，土地革命时期闽东几乎无人不知。偌大的一个村子曾住着1300多名经过整编、准备北上抗日的红军指战员，留下的革命遗址比比皆是，如今参访者络绎不绝。巧的是，古人似乎早知数百年后，小村将成为人们趋之若鹜之地，乾隆版《宁德县志》中就留诗曰："欲访桃源下小溪，花飞夹岸水声低。山中草木春常在，吟到东来又到西。"

在这条公路上行进，见到的尽是原生态的茫茫绿野。突然见到一块巨石突起，如同擎天柱般耸立天地间，在蓝天绿野中显得特别醒目，它就是传说中的天冠菩萨说法台。台高百丈，"四方若削，上极平坦，可坐千人，多产兰蕙"，如攀岩而上，似乎伸手可采白云。

说法台下方的天峰院，当年不仅是座有名的寺院，还是红军活动的一个据点，红军医院就设在这里。可惜由于当时斗争环境的复杂与残酷，100多名干部战士被冠以所谓"AB团"之名错杀于此。为牢记教训，警示后人，路边特地设立了一座书页型纪念碑，这块造型别致的石碑，成了人们参访的一个热门景点、一处党史教育的现场。

在这条荒僻的道路上可以听到许多可歌可泣的革命斗争故事。如同"狼牙山五壮士"般壮烈献身的"百丈岩九壮士"故事，就发生在这深山路段的悬崖边。路边一座山峰峭如刀劈，岩壁高达百丈，故名"百丈岩"。1936年10月的一天，我军战士与敌军在岩顶短兵相接，展开恶战。子弹打完拼刺刀，寡不敌众，我军阮吴润等9名战士被敌人逼到百丈岩边沿。眼看敌人涌来，狂叫"抓活的，抓活的"，9名战士毅然砸坏枪支，纵身跳下悬崖，壮烈牺牲。为纪念先烈，叶飞副委员长题写的"百丈英风"4个大字被刻于峭壁上。福建省革命历史纪念馆还专塑一组九壮士雕像于前。

视线移开峭壁，眺望前方，眼前是一方"碧湖映蓝天，绿树掩村庄"的柔美景色，香水湖如一块天上掉下的翡翠，把绿野、蓝天、白云尽糅其间，使湖水如同九寨沟"海子"一样瓦蓝瓦蓝的，令人心旷神怡。这便是此行的终点虎贝乡。

虎贝海拔850米，是一处避暑胜地。到虎贝可看的东西很多，不仅有红军活动遗址、闽东最著名理学家陈普的遗迹，还有两处自然人文景点闻名遐迩。一是那罗寺。在虎贝的后山有个巨大的岩窟，"高可百寻，深广五十丈，上方若凿，下平如镜，群峰插汉，水涧奔流，别一乾坤，非复人世"。形同狮口的岩窟下有一始建于宋开宝六年(973)的寺庙。寺为木质结构，分上下两层，堂舍齐备，屋顶不用一块瓦片，佛家赞之为"震旦佛窟"。二是辟支寺。辟支古寺周边簇拥着"十景"，其中"晴天也飞雨"的珍珠帘和"广盈十笏，攀树而上"的罗汉洞最令人称奇。

走一回九贝路，在蕉城西部绕了一圈，感受到的是原生态绿野，享受到的是无杂质空气，还一路瞻仰了许多革命遗迹。这是一条生态路、老区路，也是一条红色之路、希望之路。

人面桃花相映红

早春时节，乍暖还寒。好在那天遇上大晴天，午后暖暖的阳光直洒大地，给寂静的山野披上霞光，山头金灿灿的特别光亮。我们身上也暖洋洋的。车从九都上山后，不一会就钻进茫茫林丛竹海中。公路弯来绕去，绕过一道弯，遇见一座山，再转一道弯，又撞见一座山，车在道走，山无尽头，直至"高路入云端"。当车到山顶一块平地时，我们要去的桃花溪村也就到了。

村庄处在群山环抱之中。环绕周遭山头林木，高耸挺拔，林荫茂盛，形成一道绿色屏障，护卫着村庄。村头山坡上新植的一片桃林正含苞欲放。村干部说，待到桃花盛开时，桃花溪就成了桃花的世界。村子不大，却井然有序。村前新楼成排，村后旧厝散落，新旧参半，相互映衬，古老中映透出现代色彩。走进老厝，那宽厚的土墙、传统的厅堂和斜长的木梯，都在叙说着漫长的历史。而那粉墙黛瓦、造型精巧的幢幢新楼和宽大的村前广场，则在告诉人们，这大山深处的偏僻村庄已然融入时代前进的洪流中，如今的桃花溪不光路通、林茂，而且村容村貌也变美了！

桃花溪地处蕉城霍童、虎贝、九都、洋中4个乡镇交界处的莽莽群山中，仅有数百人的小村却管理和呵护着4个乡镇交界处的广褒山地。在这片古老的土地上既有原始森林，也有梯田果园，还有奇岩怪石。全国重点佛教寺庙之一的支提寺和天冠菩萨说法台等著名景点就在其间。古时就有"桃花溪八景"之说。"耸天峰""天际湖""九曲窝""天然虎""锦鲤峰""黄霞洞""大士岩""笔架山"，看这些名称就知道全是天然景点，也能想象出其大致形态。古时的文人骚客在游历之余诗词唱和，赞美这大自然鬼斧神工的杰作，有些诗词还流传至今。如写耸天峰的："嵯峨立云端，阅历几寒暑。来登绝顶峰，不敢高声语。"又如写天际湖的："行行月当头，少憩竿在手。玉宇净新尘，一湖贮星斗。"再如写天然虎的："俯视眈眈伏竹关，形虽似兽性原顽。几疑出自尼山柙，露爪藏牙到此间。"峰之高、湖之美、虎之威被刻画得入木三分。

当然，到了桃花溪，人们还想知道的是，这深山腹地中的山村缘何有如此清雅隽秀的名称。原来这里有个故事，村干部为我们细细说来。明初，这个村陈姓的老祖宗在七都溪面发现有桃花瓣漂流，于是，溯溪而上，一路循花而进，闻香而寻，披荆斩棘，攀岩蹚水，山越爬越高，溪越变越窄，几经艰苦跋涉，终于来到了水之源头的山窝里。这里山垅宽长，树木成林，花香袭人，小溪流水，花瓣漂流。"幽谷烟含一小溪，家藏玉洞白云低。岚光锁翠禽声碎，紫气朝来境属西。"老祖宗认定这是一方福地，于是就率族迁徙在这里定居，取村名为"桃花溪"。桃花盛开时节，这里一片火红，映红了山里山外几重天。数百年来，这里生生不息，繁衍发展，红艳的桃花也一直辉映着这片天地。

到了20世纪30年代，这片土地迎来了红色的队伍。1934年9月，叶飞率连江红军独立十三团来到桃花溪地区，随后，福安红军独立二团和寿宁红军独立营也开到桃花溪集结。在桃花溪附近的支提寺成立了拥有1600多人的中国工农红军闽东独立师，师长冯品泰，副师长赖金标，政委叶飞。独立师的成立给支提寺这座千年古刹披上了鲜红的色彩，而红军主力数年常驻桃花溪，更使这个深山小村里里外外"红透透"。

闽东独立师的成立，标志着闽东工农武装斗争揭开了新的一页。独立师成立不久，就投入了保卫土地革命胜利果实的"保卫秋收战斗"。消灭数处民团，收缴一批武器，开辟新的苏区。1935年1月开始的三年游击战争中，在中共闽东特委领导下，独立师发挥了重要作用。为粉碎敌人的残酷"清剿"，独立师依靠群众，采取"狡兔三窟"的灵活战术，在闽浙两省20多个县的广阔区域内与国民党军队周旋。

当年的桃花溪是一块重要的革命依托地。那时，桃花溪、梅坑地区与外界建立了秘密交通线，从福州、三都沿海地区购买的药品、日用品源源不断地从这里运进来。在桃花溪一带广阔的山地中还建有修枪厂、军服厂以及红军医院、仓库等。这些遗址如今犹在。叶飞回忆说："三年游击战争时期，宁屏古办事处在这片区域内共建立了几块大小依托地，其中就包括宁德的梅坑及桃花溪地区。那里是党和红军值得完全信赖的红色堡垒，是为党和红军遮风挡雨的屏障，是休整歇息、补充能量的'加油站'。那里的人民群众不怕牺牲，支持革命，为闽东革命立下了不可磨灭的功勋。"

抗日战争胜利后，桃花溪的党组织和游击队进一步恢复发展。1947 年春，党中央派阮英平从前线回福建。6 月，阮英平以桃花溪为依托发动群众投入解放战争。他在桃花溪举办培训班，培训了一批革命骨干，还办起了合作社，帮助群众克服困难，走上生产自救的道路。桃花溪赢得了"十八年红旗不倒"的称誉。

在战火纷飞的岁月，桃花溪根据地是受国民党反动派摧残最严重的地区之一。敌人先后多次进村"围剿"，烧杀掠抢，无恶不作。全村126 人参加革命，被残杀 34 人，被烧毁民房 27 座，有 7 个自然村被摧残成无人村。桃花溪群众用生命和鲜血谱写了闽东革命的红色篇章。

如今 80 多年过去了，许多红色遗址依然完好保留，红色记忆深深铭刻在村里的古厝旧居中。古朴的陈氏祠堂，就是当年闽东红军独立师北上抗日前的集结地。这支队伍就是在这里整编宣布成立国民革命军福建抗日游击第二支队。1937 年 11 月间，党中央派遣八路军汉口办事处顾玉良以新四军军部少校参谋的身份到福建，在这里找到了叶飞所部，传达了党中央关于把南方游击队改编为新四军北上抗日的指示。于是，这支队伍便移师虎贝石堂和屏南棠口、双溪，正式改编为国民革命军陆军新编第四军第三支队第六团，由叶飞团长率领开往抗日前线。就是这支队伍，经历了夜袭苏州浒墅关火车站、火烧上海虹桥机场以及车桥战役等大小数十次与日寇作战；在解放战争中参加孟良崮、淮海战役等上百次战斗。他们中的一些伤病员曾在阳澄湖一带养伤，这"芦荡火种"成了后来京剧《沙家浜》的创作原型。

我们走进一座写着叶飞住所的土墙旧厝。叶飞曾在这座屋里来来去去住过多年。屋旁有一条长长的斜形木板楼梯通往楼上，楼梯下有个狭窄的空间，即使白天也很难看清五指。当地老人介绍说，当年叶飞养伤，为防被敌人发现，就隐蔽在这阴暗的楼梯下。阮英平、范式人和陈挺等红军领导人的住所也都散落在百姓古厝中。在一座古厝的背后，我们还看到了一口古井。井建深潭之上，没井沿，但井深、泉好、来水多，当年驻在桃花溪的千余红军就靠这口井供水。

睹物思情。面对眼前这红军旧居，让人穿越那茫茫历史风烟，仿佛看到桃花溪当年艰苦斗争的情景，心中对红军指战员的敬意油然而生，也涌起对桃花溪人民的感激之情。春节前夕，习近平总书记在瞻仰井冈山革命烈士陵园时，深情地说，每次来缅怀革命先烈，思想都受到洗礼，心灵都产生触动，并强调要传承好他们的红色基因。桃花溪，这块"人面桃花相映红"的红色之地，随着对她的厚重历史了解的人越来越多，这个古老山村所承载的红色基因，也将像数百年前桃花流水一样，沿溪顺流，流出山外，奔向广阔的天地！

一条路的血色九贝

◎ 郑承东

"昔我往矣，杨柳依依。今我来思，雨雪霏霏。行道迟迟，载渴载饥。我心伤悲，莫知我哀！"

很多人认为这是一首情诗，其实这是一首有关战争与悲欢离合的诗。

这是诗经中《采薇》的最后八句，我一直以为这是《诗经》中最凄美的诗句。一个久战的士兵出征时是春天，家人或爱人别如杨柳，依依不舍，而回来时，却已经是雨雪交加的冬天，物是人非，没有人能知道他在战争中经历了什么，更没有人能知道他内心的哀痛。

这种感受，我在蕉城九贝（九都—虎贝）红色旅游公路上彻骨地体验了一回。

去九贝公路无数回，但我最怕的是冻雨下雪的季节去。车窗外叠嶂有雪，重峦皆白，这样的景致于我，总会有"雨雪霏霏""行道迟迟"之类莫名的伤感。尤其是雪后的人间四月天，那满山的映山红、油桐花开得血红、雪白，红的恰如英烈的鲜血滴满山坡，白的好像是对青山处处埋忠骨的祭奠。

这是一条祭奠英烈之路。那盘山逶迤的曲线似乎就是《国际歌》的五线谱，时刻萦绕在我的耳边。九贝公路的九都段途径有溪边村、坑尾村、华境村、乌坑村、巫家山村和赖岭村等老区基点村。这些沿线的老区基点村，在20世纪三四十年代的国内革命战争时期，地处九都冲积平原与桃花溪、坑头革命老区的连接点，曾经连接着攸关根据地生存的地下交通线。因此这里的每一个村庄、每一条路和每一栋老屋，都有为革命牺牲的英烈，至今都在传说着令人血脉偾张的血色记忆。

这些村庄因了这条路的开通而乡村振兴，如今都是绿水青山、白墙青瓦、鲜花铺面。走进它们，我一方面由衷感叹于共产党"为有牺牲多壮志，敢叫日月换新天"的人民情结，另一方面，又始终带着一个疑问——

在交通不甚发达的古代，地处东南沿海的蕉城是天之涯、海之角。这些群山中的村庄大都是历代被贬官员与失去政权的皇亲国戚逃难之所。衣冠南渡、八姓入闽，蕉城的青山绿水，又成了一路风餐露宿、血雨南迁的北方族群最佳的桃花源。为了避难与栖息，这些山里的人便养成了与世隔绝、不争隐忍的性格，因为只有这样，才可以为自己和后代求一份安逸与传承。

所谓一方水土养一方人。但到了 20 世纪二三十年代，为什么这里的百姓能一反常态，豁出性命与共产党肝胆相照，生死与共？为什么红色风暴能在这里风起云涌？

从天时、地利、人和的角度去看，这个疑问或许也就能迎刃而解。

所谓"天时"——

1926 年 7 月 8 日出版的《北洋军阀统治下福建军事政治概况》记载："福建之军阀者，除内有民军为患，外复有外省风云关系。福建之军阀之孜孜扩充兵力，固有由来，其遗祸闽人今日之惨状。则匪军遍地暴敛横生。农辍于耕，工失于肆，商罢于市，百业凋零，金融纷乱，嗟此闽人，正处于水深火热之中。"

在叶飞回忆录里记载了当时红色革命在闽东乃至霍童溪沿线的缘起——

"到 1933 年春，闽东春荒严重，地主豪绅趁机哄抬粮价，牟取暴利，群众斗争情绪急剧高涨。福安、连江中心县委决定把抗捐抗税抗粮抗租抗债的'五抗'斗争转变为土地革命运动，在基本地区内打土豪分田地，在白区内打土豪分粮食，斗争便如暴风骤雨般地展开了。到这年10月为止，除霞浦、周宁两县外，其他各县都有红色游击队。

"1932年下半年由福州市中心市委派遣到闽东巡视工作的。"我到宁德霍童时，那里已有30多人、7条长短枪的工农自卫队，由区委书记颜阿兰率领。1933年5月28日，正是端阳节，我和颜阿兰率领文湖、半岭村的工农自卫队50多人，从小石半岭出发，一举拿下了霍童民团驻地宏街宫，缴获26支枪，这就是闽东革命史上记载的'霍童暴动'。接着又乘胜出击，接连收缴了坑仔里、赤浮地区共80多条枪，遂于6月底建立起闽东工农游击第三支队。"

这就是天时。哪里有压迫哪里就有反抗。

所谓地利——

蕉城地处欧亚大陆板块东南边缘，鹫峰山脉面朝东方，直入大海，濒临太平洋板块。27亿年频繁的地壳运动令蕉城形成依山傍海的地质景观，一面临海，三面环山。洋洋大海汇于东南，众水所归。

——一面临海，以三都岛为轴心，连接闽东各地党组织与中共福州中心市委的关系。

清末三都开港，成立福海关，始有海路，有轮船与福州、上海通航。1932年5月15日，中共福州中心市委召开扩大会议，决定转变工作重心，逐步重视发动和领导闽东工农游击斗争，从此，便不断派遣干部乘坐轮船经三都岛到闽东各地指导武装斗争。

1932年春夏之际，一位学过西医的医生从福州来到这里，选择了三都中街的位置开设了西医院，医院叫百克医院，医生叫丁立山。

百克医院其实是福州市委联系闽东苏区的交通站，丁立山则是交通站秘密联络员。中共福州中心市委通过百克医院秘密向闽东派遣干部，运送物资。

——一溪相连，以霍童溪为航道，以小木船驳渡，将三都岛地下交通站与中共安（福安）德（宁德）县委内陆山区党组织及苏区相连接。

霍童溪是宁德蕉城的母亲河，风光秀丽，历史人文积淀深厚。两岸青山如墨，碧水轻舟，如诗如画。千百年来，霍童溪所形成的冲积平原：七都、八都、九都与霍童古镇，都依次养育了所对应的西部山区的村庄。

霍童暴动打响宁德武装斗争的第一枪后，梅坑和桃花溪逐渐成了闽东革命武装的大后方。

1933年秋，一个曾经在匪窝卧底的传奇人物林秋光回到了老家七都。七都街头，便多了一间名为"济生堂"的药店。

原来，1930年，七都人林秋光经马立峰介绍，在福安柏柱洋加入中国共产党。1932年，福安中心县委成立后，他同詹如柏一起到溪尾一带开辟福霞游击根据地。1931年，他参加了著名的福安兰田暴动，成为闽东工农游击第一支队的骨干。1932年冬天，林秋光偕同表兄郑细田，乔装成买豆的商人，进入福安匪首苏则由残部——其妻所率余部驻地日秀山。林秋光骗得苏妻信任，任苏妻的书记（即文书），郑细田则当任苏妻的警卫。过了一个多月，林秋光以打霍童为借口，把苏妻余部诱骗到周宁梅山，叶飞带领游击队则在此设伏。匪徒全部束手就擒，苏妻被击毙。林秋光受到叶飞的表扬和奖励。不久，林秋光与女共产党员缪舜华在甘棠结婚。随后，国民党大肆"围剿"游击区，林秋光则带领队伍转入山区，归安德县委领导。

有了卧底匪窝的经历，林秋光自然受到党组织的重视。1933年秋天，受安德县委的派遣，他和妻子及城关支部的马佬志同志回七都街，开设"济生堂"药店作为联络点，开辟了"城关—七都—桥头—溪口—巫家山—桃花溪"地下交通线路。之后，他又与三都地下交通站丁立山取得联系，连接了山区与海上的线路。从福州来到三都的人员，通过这条秘密线路，转到城关，再到七都，进入七都溪谷，再经巫家山，进入根据地桃花溪、梅坑一带。此后，联络站源源不断地把粮食、弹药、手电池、药品、草鞋、印刷机、油布、报纸等物资运送到桃花溪、梅坑等革命根据地。

这条交通线最关键的节点在九都巫家山地下交通站，是国内革命战争时期，闽东地下党交通线最重要的一环。详情后叙。

——三面环山，以霍童溪冲积平原为基点，向上对接西部鹫峰山脉各党组织与苏区。

蕉城地势由西北向东南倾斜，西高东低，形成一块畚斗状的盆地。向东望，是蔚蓝的内海连天。向西看，则是鹫峰山脉连绵的群山，群峰插天。

红色九贝公路便盘旋于鹫峰山脉的莽莽群山间，是缘于老区经济的发展而贯通的。这沿路的村庄之间的连接，原先其实没有路，而只有道：古官道、小道。几百米海拔的落差，山道崎岖无比，增加国民党军追剿的难度。森林覆盖茂密，山涧沟壑密布，岩洞峭壁险不可及，令队伍可藏。两村隔峡咫尺相望，却常常要走一天的路程，令保密系数提高。因此，在国内革命战争时期，九贝公路沿线特殊的地理空间，为闽东游击队、闽东工农红军独立师的长期驻扎提供了天然的屏障。这就叫地利。

巫家山地下交通站的设置则充分体现了这一特点。

巫家山原为巫姓迁居，后钟姓聚居，便全村钟姓，为典型的畲族自然村。今年春天，正春光明媚的时分，相约去巫家山采访。我们乘车从九都镇出发，沿着九贝公路向上弯曲爬行了半个多小时，再拐入一条向下延伸的单行道。因为其即将铺设水泥路，所以崎岖不平自不必说，途中会车还要小心翼翼往回倒车。那村道几乎是贴着陡峭的山坡向下踟蹰。到了一转弯处，才有一小片开阔地，可以让车倒回，这便是到了村口。一下车，往东眺，一条峡谷往东延伸，两边山形陡峭，重峦叠嶂，一仞百丈山崖如刀削，矗立于峡谷的垭口，其岌岌可危之势，似乎给了我们一个下马威。走一小段路，便到了村里，就十多栋的农舍依山而建，还是旧时建筑格局，夯土墙、梁架楼、瓦屋等保存完好。村中几乎没有平地，村道即是容一人过的台阶。村庄满眼翠绿，鹅卵石古道边花开簇簇。有遇见村民，男女老少，大都迎面相笑，叫人温暖如沐。

沿着一条平行的小道往前走，便可看见一座六扇两层砖木结构民居，坐北朝南，正门却在右侧拐入，偌大的天井向着对面的峡谷。封闭式的四合院，从外面观看不显山不露水，走进去却自成天地，一砖一瓦都散发出神秘的气息。天井两侧厢房，右为厨房，左为储物间。主屋为两进，计有八个房间。这就是赫赫有名的巫家山地下交通站旧址——巫家山18号，全村最大的房子，其主人是钟祥鉴。在正厅右厢房里，只有七八平米的空间里却隐藏着秘密，脚下有几块地板是活动的，掀开就是有一个隔板的隐秘空间，用来隐藏从七都地下交通站运送上来的枪支弹药等补给物资。现在的村两委干部很有心，将叶飞、阮英平、丁进朝、黄垂明、曾志等老革命家住在巫家山时用过的农具和生活用具都搜集起来，放在一楼前后厅的四个房间展览。

沿着村道继续往南角走，过一大圣宫，即是通往七都溪的地下交通道。这个村庄依着陡峭的山势而建，村庄下便是峡谷，无他路可走。只能走这一通道，一旦有外人要进入村庄，远远便可提前预警。

这就是地利。"进"则可躲进港内或莽莽群山，"退"则可迅速驶入茫茫大海。山海交融，闽东就是开展游击战的理想之地。

所谓人和——

国内革命战争时期，闽东党组织根据地理地貌选择巫家山作为地下交通站的枢纽一定有高人指点。但最重要的是这里的畲族群众对共产党的忠贞不二。

叶飞在回忆录中曾经深情地说："在闽东三年游击战争最艰苦的年代，畲族人民的作用是很大的。他们具有两大特点：第一，最保守秘密，对党很忠实；第二，最团结。在最困难的1935年至1937年对革命斗争支援最大。我们在山上依靠畲族掩护才能坚持。"

叶飞说的"在最困难的1935年至1937年"指的就是南方三年游击战争。

1934年9月30日，在离巫家山不远的桃花溪地区著名古刹支提寺，闽东独立师成立。闽东独立师成立一个月后，中央红军就开始长征。北上抗日先遣队主力在江西怀玉山几乎全军覆没。蒋介石随即抽调大批兵力，向赣东北、闽北、闽东各红色根据地大举"清剿"。由于一直没有和党中央取得联系，闽东特委对局势急转直下浑然不知，等敌人大军逼进时才发觉。

当时压向闽东苏区的敌人共计有8个师，加上地方保安队和民团，约有10万人。"剿共指挥部"设在三都岛。陈毅元帅曾讲，在中国人民的解放斗争中，两万五千里长征艰苦卓绝。此外，还有两段极为艰苦的斗争时期，一段就是东北的抗日斗争，另一段就是南方三年游击战争。

这是国民党正规军对闽东苏区的第一次"围剿"。当时，敌人到处设立"联防办事处""清乡委员会"，在城镇编门牌，查户口，在农村建保甲，搞"连坐"。闽东独立师陷于敌军重重包围之中。西竹岔战斗后，闽东红军独立师当晚即踏上突围转移之路，几经辗转征战，终于1935年3月到达宁德桃花溪、梅坑一带隐蔽休整。

这时，独立师损失惨重，主力锐减至300多人。副师长赖金标牺牲，师长冯品太投敌行为被及时发现，就地处决。

独立师转战于深山野泽，饥不得食，寒不得衣，缺医少药。国民党采取"五光""十杀"等血腥手段，疯狂报复，许多同志被活埋、熏死、烧死。为建立游击区红军后方，1935年9月，闽东特委在宁德县梅坑、桃花溪建立游击区办事处，主任由阮英平担任。当年的8月，九都华镜中心支部建立，大批骨干加入中国共产党。9月，巫家山畲族村建立党支部，书记钟敬安。

为了保证经常驻扎在巫家山休整、养病的独立师或游击队的生活供应和营地安全，以钟敬安为书记的巫家山畲族村党支部组织畲民殚精竭虑，舍生忘死，将巫家山打造成了"红色桃花源"。

为了方便叙述，我把他们的聪明智慧总结成"保一线设三防"：

"保一线"就是保证秘密交通线的畅通，将巫家山建成红军后方重要补给站。

1935年9月，叶飞、陈挺率独立师100多人驻扎在巫家山。村党支部立即组织畲民运输队到七都地下交通站运回补给物资。七都地下交通站的林秋光站长接到通知后，便将备好的粮食、药品、油布等物资秘密送到桥头，交给前来的畲民运输队。由他们挑担沿溪西行，经过溪口村，连夜将物资挑到山里。如路上遇到敌情，运输队就转道北上，由漈头村经高山村，然后回到巫家山。在国民党军队封锁最严密的时候，畲族群众把日用品装在双层底的煤油箱内，粮食藏在竹筒中、灰粪里，盐巴融化在衣服里，或将盐巴、鱼虾装在箩筐底层，中层装上粮食、药品，最上一层铺上草木灰或其他肥料，然后一肩挑担，一肩荷锄，装着下田送肥的样子，巧妙地瞒过敌人岗哨的检查，送上山来。有的群众上山砍柴时，宁愿自己挨饿，也要把午饭留给游击队员吃。

"设三防"就是深山搭秘密寮筑营地、以山洞供储备藏身和沿途设暗哨提前预警。

深山搭秘密寮筑营地。钟敬安带领全村群众连续在人迹罕至的阔港山、狮子耳山、大弯头山和石垱壑搭起7座秘密寮作为游击队的秘密营地。畲族群众不仅送锅送碗，还挤出自己的口粮送给游击队。"白皮红心"甲长钟连国还拿出自家的3担甘薯米送给游击队。

以山洞供储备藏身。在巫家山西面山上有一天然洞穴，呈半圆形，宽4米、高3米、深4米，为天然洞穴。这里距离村庄有800米，位置极为隐蔽。它有3个功能：一是叶飞、陈挺、黄垂明等人秘密驻地和指挥所；二是闽东独立师的物资储备库；三是桃花溪闽东独立师后方医院疗伤地。后人称其为"红军洞"。

沿途设暗哨提前预警。1942年4月，丁进朝率游击队进驻巫家山。巫家山群众在沿途这样构筑敌情预警系统：在村口的大松树上挂一管竹筒，并在沿途设类似烽火台的岗哨。敌人来了，在村口放哨的群众就会敲响竹筒，沿途岗哨听到信号后，便一个个接力高喊"山猪来了"，从而一山传一山、一岗接一岗地把敌情报给红军游击队。同年11月9日14时许，敌保安队50多人欲偷袭巫家山。他们提前悄悄进驻离巫家山不远的郑坑村，正巧被一位畲族妇女和一位11岁的小孩发现，两人立即赶回巫家山报信。钟敬安得报后，立即安排在村外加三重岗哨加强瞭望，并派畲族交通员钟进慈给住在秘密寨的游击队报信。次日清晨，敌人乘山雾弥漫摸上岭头，即被设在山冈上的暗哨发现，群众用畲语一站站接力报信。女交通员蓝彩容一口气跑了5里路，赶到石垱墘秘密寨通报。丁进朝得报后，率队转移，保安队扑了个空。

这个蓝彩容可是个不简单的角色，是个天生的地下工作者，心理素质尤其好。她在给游击队送信时，会事先找来3枚石子，并用野草将信件捆在其中的一枚石子上。有一次，送情报路上，遇到七八个荷枪实弹的敌人。蓝彩容迅速地将捆有信件的石子顺手扔到草丛，镇定自若迎着敌人走去，一句"走亲戚"就把敌人敷衍过去。等敌人走远之后，她再迅速回来，在草丛中找到信件，顺利送到游击队手里。

就在蓝彩容及时给游击队通风报信的第二天，敌保安队因为"清剿"一无所获而气急败坏，包围了巫家山，打死畲族群众7人，打残4人，畲族妇女被奸淫9人，被折磨病倒12人。邻近的乌坑、施洋等畲村也被保安队烧毁房屋9座，拆毁11座。保安队还把畲民钟连国押到郑坑村，用尽酷刑，钟连国始终严守秘密，最后用了300块银圆才赎回。

危难之际，闽东工农红军独立师和游击队在巫家山休整，始终让国民党军的"清剿"一无所获。这是奇迹，而这奇迹是畲族群众舍身忘死创造的。

叶飞在回忆录里说，闽东游击队是在群众运动基础上建立起来的脱产的游击队，土生土长，与群众的利益息息相关。便于隐蔽，便于坚持长期斗争，便于在斗争中发展壮大，这是闽东地区游击队的优点。游击队常常深夜进入村庄，农会会员轻轻叫开基本群众家门，安排煮饭、洗脚，然后悄悄把游击队员安置在阁楼上休息，鸡犬不惊，连同村的地富分子也发觉不了。

每当群众生活青黄不接时，闽东党组织及时开展打击土豪劣绅的分粮斗争，解决贫苦农民的口粮问题。1934年2月，闽东苏维埃政府在福安柏柱洋成立后，立即开展了分田运动，让全区五六十万农民第一次成了土地的主人。当时由曾志同志负责起草的苏区分田大纲规定：红军家属每人分产量500斤的水田，全劳力每人分400斤水田，妇女、儿童每人分350斤。

这个大纲里还有一条最重要的规定：以上分田政策畲、汉两族同等对待。共产党没有歧视畲族，我想这就是南方三年游击战期间，畲族人民最保守秘密、最团结、对党最忠诚的根本原因。

这就是人和。一切以人民为中心，人民就拥戴你、保护你。

石墩小记（外一篇）

◎ 缪　华

都，曾经是一个有特性的组织机构，也是一级很基层的行政区划。清初学者顾炎武在他《日知录》中提到《萧山县志》写道："改乡为都，改里为图，自元始。"而清乾隆进士及第、史学家赵翼在注《日知录》时说："……则乡（指农村）都图之制起于南宋也"，并说"都图"制起始时间"顾氏盖亦失考"。在此，我们暂且不论顾炎武关于都图设立时间的对错，而把目光瞄向迄今仍然延续使用"都"的区域。

我所工作生活的蕉城区，应该是"都"最多的县份。蕉城区原名宁德，建县于后唐长兴四年（933）。对区域居民管理的划分，各朝有各朝的规制。比如：宋代为三乡统十里；元时三乡依旧，却将十里并为七里；明朝依然定三乡七里，但在七里之下加设25个"都"；民国时期废都为乡，这才结束了"都"作为行政区划的使命。

于是，蕉城25个"都"纷纷改名换姓，有的恢复旧名，有的改称他名，但也有保留都名的。千万别小看了建制在"乡""里"之下的"都"，这"都"字能上能下。它的另一层意思却是至高无上，比如首都、都城、都邑等。上承天意、下接地气，正是"都"字的最大特点。蕉城迄今仍有一些以"都"为名的地名，依数字顺序有二都、三都、六都、七都、八都、九都。九乃个位数字中最大的一个，在中国被认为是至阳的极数。由此看出，九都是一个极其吉祥的地名。而九都所辖的村庄，村名也有上有下，承天的有扶摇、云气、贵村、华镜等，接地的有乌坑、赖岭、石墩、坑尾等。

壬寅阳春，我们继辛丑金秋之后再次应邀赴九都采风。有所不同的是，上次是沿着霍童溪两岸行走，而这次却是深入九贝公路的大山之间。在蜿蜒曲折的山路上，我们远望巍巍青山，遥想历史；我们近观簇簇杜鹃，感慨万千。

采风团分为三个分队，我们去的第一个村庄，叫石墩。

这个村名有一种质朴、憨厚的感觉。植树节这天上午，我们这个人数最多的小分队分乘三辆小车沿崎岖山路前往石墩村。一路上的寂静景象，大可借用王籍的"空山不见人"和王维的"鸟鸣山更幽"来形容。

车在七拐八弯的山道行驶半个多小时后，抵达了石墩村。村庄不大，目之能及的民居并不多，用不了多少时间就将全村走遍。村干部告诉我们，石墩行政村下辖9个自然村，分为5个村民小组，我们来到的主村是第一组。全村户籍100余户500多人。由于山高水远，造成这个以农业为主的村庄迄今仍处于相对滞后的状况。但也正是这样的地理环境，造就了它在烽火年代成了革命老区基点村。因此，石墩给人最强烈的色彩便是红色。

简单的寒暄之后，村干部把我们带到山坡上一座门牌为石墩村6号、土木结构的老厝前，这是一座烙着红色印记的老厝。修缮后的老厝正门和侧门挂着几块让人怀旧的牌匾，其中正门一块上书"百姓谋生供销合作总社遗址"。这就是我们来石墩村必看的地方。入内，面积不大的正厅依然保留着当年模样，立柱是木，横梁是木，隔板是木，家具是木。陈旧的木柜台经过岁月的洗礼，板与板之间的缝隙越来越大，就像人的眼睛渐渐睁开，洞察着历史的风起云涌。靠墙的橱子上摆放着陶罐、竹器、木盒等，尘埃日复一日、年复一年的侵扰，使老物件失去了光泽，但它们从容面对、泰然自若。而墙上那张关于百姓谋生供销合作社的文字介绍，引得人们驻足注目。

这几百字的简介，唤起我们对红色年代的探寻和求知。

1947年下半年，中国人民解放军由战略防御转入战略进攻阶段，中共中央高瞻远瞩，抽调一批优秀的军政干部深入敌后的游击区，发动群众，壮大武装，恢复生产，改善民生，为全国解放做好准备。闽东苏区创始人之一、时任华东野战军一纵一师政委的阮英平奉党中央之命回到福建，担任闽浙赣区党委常委兼军事部长、闽东地委书记。他在这一年的7月到达闽东，以宁德霍童桃花溪为立足点，进一步发展壮大地方党组织和人民武装力量，组织和领导闽东的革命斗争，在很短的时间内让"红旗不倒"的闽东旗更红、火更旺。闽东老区由于遭受到国民党反动当局的数度"清剿"，百姓民不聊生，当地的生产和生活陷入极其艰难的境地。为尽快恢复生产、保障生活，阮英平借鉴老解放区的成功经验，发动群众创办供销合作社，目的在于发展经济，保障供给；并将合作社命名为"百姓谋生合作社"，制定了切实可行的合作社章程。总社设在石墩村。为解决办社经费的困难，阮英平从党的活动经费中提取200万元，又吸收111户社员股金200万元，发动地方干部和游击队员自愿捐资200万元，合计600万。这数目放在今天也是相当可观的，但稍加分析就知道，这钱其实并不多。民国政府在1948年推行金圆券之前通用法币，民国后期，通货膨胀、物价飞涨，1万元也就值民国初期的一两元了。少归少，但总比没有的好，有了开办经费，就能保障物资的进出，就能保障供销社的良性运转。除销售生产与生活物资外，合作社还力所能及地帮助贫困户解决生产生活的困难。"百姓谋生供销合作社"按照"自力更生、群策群力、由小到大"的办社方针，在石墩、黄土岭、曲坑、下宅设立4

个分社，由于采取了一套切实可行的办法，见效明显，桃花溪周围29个自然村的群众都得到了合作社的资助，从而推动了当地生产的发展和百姓生活的改善。

1947年11月，国民党省保警第五总队大举进攻桃花溪，"百姓谋生合作社"仅存在4个月就被迫解散。虽然合作社存在的时间不长，但却是闽东革命根据地的一个非凡创举。

在村委会的办公室，我们看到了一位叫戴振基的革命前辈的资料，有奖章，有证书。戴老1922年出生于石墩村，1937年3月参加革命，15岁时担任中共闽东特委书记、闽东军政委员会主席兼红军闽东独立师政委叶飞的通讯员。1938年春，红军闽东独立师改编为新四军三支队六团，他随部队北上抗日，屡建战功。2012年，戴老以90岁的高龄在石墩村去世。而村里同期参加革命的，还有胡步省、胡成浦、石志玉、张林福、周章志等一批热血青年，他们为革命胜利、人民解放献出了年轻的生命。

而石墩村原党支部书记周盛康讲述的他父亲周礼金的脱险故事，令人拍案叫绝。

"百姓谋生合作社"成立之际，选出了22位有政治觉悟、有经济头脑的农民负责办社工作，社长周礼金，副社长张恒金，委员周代弟、周宗金、戴孟如、周胜利等。得知宁德桃花溪一带"闹红潮"的消息，国民党反动当局惊恐万端，派遣军队前来"围剿"。敌人趁夜突然包围了石墩村，将静谧的村庄搅得鸡飞狗跳。敌人手握一份革命者的名单，其中就有合作社社长周礼金。只是他们谁也不认识名单上的人，便使出一个坏主意，让全村男人、女人和孩子分别站队，采取子认父、妻认夫、母认子的方式，认人时必须叫出男子的姓名。眼看着男人一个个被家人领走，周礼金的妻子心焦如焚，因为她知道，一旦喊出丈夫姓名，一定会出大事。有人提醒她，喊个假名。情急之下，她在认得的几个字中选中了"大"字，在这个字上方加上一点，就成了"犬"字。她朝丈夫喊道："大啄（啄为闽东方言'点'的谐音字），跟我回家。"周礼金由此躲过一劫。这场面在反映革命战争时期的影视中并不少见，总以为出自编剧的想象，这回亲耳听到，深信不疑，并为闽东妇女的智慧和勇敢所折服。

这样精彩的红色故事，不仅在石墩还有不少，而且在九都的各个村庄也有不少。大山里火红的杜鹃，是燃烧的红色烽火，一簇又一簇，一茬又一茬。石墩这个有着光荣历史并为革命做出贡献的红色村庄，藏山隐水，不张扬，不居功，始终保持默默奉献、忍辱负重的精神，契合了革命英烈为人做事的原则，让人肃然起敬。如今，作为革命老区的石墩在改革开放的新时代，努力地改变昔日模样，当年合作社的"发展生产、改善生活"的理念，仍在弘扬光大。他们在包村的市人大、市文联、市税务局、市中医院等的帮扶下，百姓脱贫，乡村振兴。

在春天里，我们看到了村民乐观的生活态度，村庄以农为本，水田种植水稻，山地盛产毛竹……我们在一户人家门前的小凉坪上看到切成一节节的竹筒，不知何用。这家的主妇告诉我们，这是用来腌制酸菜的容器，将酸菜装满塞实后密封，存放一两年不跑味不变质，将它作为烧鱼、蒸肉、煮笋、炒菇的配料，津津好吃。她这么一说，把我们肚里的馋虫都给勾出来了。在村委会不远处的林荫草地上，七八头黄牛或卧或立，悠闲的姿态。村干部告诉我，一头菜牛可养到四五百斤可卖一万多元，这种因地制宜的致富模式适合山村、适合农家。我深以为然。

接着，我们的行程还有另一个革命老区基点村——坑尾村，1937年8月，在亲母岭一带，红军闽东独立师迎头痛击国民党省保安二旅的一个连，全歼敌人一个整连130余人。这是闽东红军坚持三年游击战的最后一战。战斗的胜利，打疼了国民党福建当局，使其被迫坐下来与共产党进行国共谈判，由此，红军闽东独立师迈着胜利的步伐，走上抗日前线。

山道弯弯，流水潺潺，在九都通往虎贝的公路上，红色印记随处可见。沿途有红军闽东独立师成立之地的支提山，有九壮士壮烈跳崖的百丈崖，有闽东三年游击战争的重要支撑地的桃花溪……我以为，这些大山深处的红色村庄，历经革命烽火的洗礼，无论历史，无论地理，无论人文，无论景观，都是值得人们探访的去处。温故而知新，让我们在回味中去感受崇高和伟大。

一个带贵的村庄

车到贵村，人们在停车场下车后，往往会随着目光的方向去往溪畔，这怨不得眼睛的刁钻毒辣，实在是因为那条霍童溪太晃眼了。

那条被誉为"蕉城母亲河"的霍童溪，在贵村上游的霍童镇外表村集结了分别来自周宁和屏南的溪水，然后合二为一向东奔流，一直流到八都的入海口。流经贵村的这一段，差不多是霍童溪流域的中段。清澈、活泼的溪水到了这，没有急流险滩的恐慌，也没有高低错落的起伏，溪水得以悠悠缓缓地流淌，同时也把时光拖得缓缓悠悠。

贵村的时光是缓慢的，色彩是明艳的，树的色彩、水的色彩、帐篷的色彩、衣服的色彩……饱和度极高的阳光一一将所有色彩调到至亮。溪畔的大榕树、大樟树竭力伸长枝丫，搭起一片枝叶繁茂的绿天棚。树下还搭起各种颜色的帐篷，一顶帐篷就藏着一个缤纷的世界，总有萌娃嬉戏其间。没带帐篷的，就在草地上铺张大块塑料布，上堆各种食品。有人撑开烧烤架，轻烟在风里变得飘逸潇洒，食物则在火的炙烤下散发出令人垂涎的香味……

秋天的霍童溪还是最富有诗意的境界，阳光正好，清风正好，坐在古渡口边，随流水遐想着流逝的芳华岁月。贵村曾是靠渡船往来的村庄，自从溪上修了桥通了车，渡口就一下子安静了，一叶扁舟默默地泊在岸边。当地人告诉我们，这渡口最初建于元朝末年，除了沟通两岸，还是上下游人家运送货物的停靠站。上游放排的汉子驾驭着木排顺水而下，途经贵村，汉子们会在码头或村庄稍作休整，然后再将木头运送到下游的八都一带贩卖。而下游的货船则载人载物溯流而上，在沿岸出售当地村民所需的物品。渡口也由此成为贵村连接外界最为重要的通道。如今运输木头不再走水路，而流淌的溪水却依然能制造出各种热闹和喧嚣。溪水倒映着青山，倒映着绿树，也倒映着扁舟，勾引天上的飞鸟、水里的游鱼汇聚于此。

制造热闹的还有摄影家，他们目光如炬，用镜头把时光定格在"绿树村边合，青山郭外斜"的乡村，拍出的美图引得数不胜数的游客慕图而来。而拍婚纱的摄影师，以渡船为背景讲述一段甜蜜的依偎，不禁让人想起"百年修得同船渡，千年修得共枕眠"这样的谚语。溪水春涨秋落，落水时露出大大小小的卵石，来不及随水撤退的小鱼小虾困囿于卵石间的水坑，被兴高采烈的孩子围了个正着。年轻的情侣挽起裤管，脱去鞋袜，赤足在溪水牵手行走。榕树下，有画家神情专注地写生。溪畔的所有场景，都是人与自然的和谐诠释。

秋风吹皱秋水，吹落树叶，吹动我们进一步了解贵村的心思。贵村是九都最早有人居住的村庄之一，境内现存的溪尾山遗址就是青铜时代有先民生息的证明。而从周至唐的历朝历代，先后有不同族群的先民更迭定居。贵村古有三十六村，后归于一村，取名"归村"，后更名"贵村"，属宁德县十都"贵源境"。村中各姓的族谱分别记载有"贵源""贵境""贵川""贵水""贵水郡"等名称，都有一个"贵"字。何为贵？我们且看看典籍的解释。贵，从臾从贝。归也。《孟子》："用下敬上，谓之贵贵。"《释名》："贵，归也，物所归仰也。"贵乃指价值高、分量重，值得珍惜与重视。贵可形容人在社会中的重要性、优越性和关键性，也可以是地域、物品等在人们心中的位置或向往的位置。从《释名》的注解中可以看出"归"与"贵"的密切联系。由此联想到这个带"贵"字的村庄，也应如此。

我们先去的是位于村口、临近渡口的文昌阁。文昌阁是中国的传统祭祀建筑，为祭祀传说中掌管文运功名之神，保一方文风昌盛而建。贵村这座建于明万历元年（1573）的文昌阁，与他处文昌阁最明显的不同在于楼层，别处多为三层，此处仅为两层。问村民，他们讲了一个传说，说是文昌阁原址为一株古榕，树冠如球。而霍童溪对岸有大石，形似大虎，常以榕树为径过溪仙游。村民砍树起阁，虎啸三日不绝。村民惊恐，遂求教于高人。经指点，起阁两层，降低高度便于石虎过溪，虎啸乃止。这传说虽然离奇，却为村庄添了一趣闻。且不管如何传说，我以为，凡有文昌阁的村庄，都值得肃然起敬。

贵村兴盛于明清，因此村中多老厝。作为东方血缘伦理关系和聚族而居传统文化的产物，老厝是一个村庄的躯体。尤其是离主村300米开外的步上自然村，迄今仍保留着70多座明清古建筑，清嘉庆年间的兵部侍郎、福建巡抚黄瑞的老厝就是其中的一座。贵村古民居属于闽东古民居体系，大门二门、正房厢房、天井水井……布置得中规中矩。作为木构建筑，自然少不了栩栩如生的木雕，图案或人物或动物或花卉或传说，但却很少雕山水，毕竟山水就在大门之外，随处可见。除保留至今的明清时期的老厝外，还可见石旗杆、祖厅、宫观等与文化、与宗族相关的遗迹。据清乾隆四十六年《宁德县志》载："状元余复墓，在十都贵村东山金字峰下，今存。"据各姓族谱载，贵村石山曾出进士1人、贡生5人、秀才50多人。

经历数百春秋的老厝，尽管在岁月风雨侵袭下，出现了颓圮的现象，但老厝里的后人却以生生不息的繁衍，保证着老厝人气的延续。他们像先祖一样朴实勤俭，面对众多好奇的目光，他们只是笑笑，不多言语，却有问必答。他们知道，那好奇就像候鸟，路过而已；而自己是留鸟，哪怕飞得再远，终究还是要还巢的。

正因为有了如此淡定从容的底气，才使贵村赢得世人的尊敬和喜爱。21 世纪的贵村，成了"中国传统村落""国家水利风景区""国家级森林村庄""省级生态村""省级生态景观旅游名村"。当我们行走在保留车辙马迹的青石路上，踯躅在古色古香的老厝院里，漫步在果实橙黄的枇杷园间，伫立在山光水色的霍童溪畔，身心得到了放松，忧烦得到了清除。慢时光的静谧和慢节奏的悠闲，让人们对贵村情有独钟。当你用宁德方言读着"带贵"二字时，读着，读着，就一定会喜悦地发现，这是羡慕与祝福的表达，对贵村，也对你我。

支提山间的石墩村

◎ 禾　源

　　石墩村何时兴基，历经多久，村里人说：很久很久，没一个确切的时间，且小村庄多姓杂居，更说不清谁早谁迟。深居山里，生存繁衍是他们的第一要务，哪还能去问来路有多长。可他们谈起革命的事，男女老少无不神情亢奋，有许多说不完的话，大概是他们血液里都流淌着红色基因。

　　胡步省，石墩村人，1933 年 3 月参加革命；石志玉，石墩村人，1934 年参加革命；周第四雅，石墩村人，1933 年 7 月参加革命；林伏壮，石墩村人，1934 年 3 月参加革命；戴振基，石墩村人，1937 年 3 月参加革命……

　　一个小小的山村，在闽东独立师整编为新四军第六团北上抗日前，就有 10 名村民参加了革命。我想不止这 10 名，一定还有些遗漏的无名英雄。再说 1937 年到 1949 年宁德解放，还有 12 年的革命历程，又有多少的石墩村人参加革命呢？有的，肯定有的，只是也成了无名英雄。无名，英雄之气还在，这片红色的土地记着他们，当今的青山阵阵清风吹送着他们的豪气，支提山的年年花开，就是他们不败的笑容。

在一眼泉水边，会想到流出的一脉水；在一片树林前，会想到连绵的群山。1933年参加革命，这个字眼，就是一眼泉水；10名革命人士的英名，就是一片林。从这里出发，当时的革命潮流股股而来。郑长璋、颜阿兰等，在宁德县播下革命火种，星火燎原，掀起宁德革命热潮，为叶飞，阮英平等革命先驱开辟了新的战场。1933年5月28日。叶飞、颜阿兰率领游击队和工农自卫队50多人带着10余支土枪，冲进团部，缴获了民团26支枪和一些弹药。这就是有名的"霍童暴动"。这一场暴动打响了宁德县工农武装斗争的第一枪。接着，颜阿兰又率部乘胜袭击了赤溪地主和民团，缴获了一批武器，各地的工农自卫队发展到1000多人。6月底，在霍童半岭村合编成立闽东北工农游击队第三支队，颜阿兰任支队长，黄尚灼任政委。第三支队的成立，标志着宁德工农武装割据的斗争进入了新的阶段。

石墩村的10名"五老"，他们有的在此之前，有的在此之后参加革命，不管他们是否亲历这场暴动，他们都跟所有亲历者一样，斗志昂扬，为求过上好日子，不怕牺牲。

叶飞与阮英平到了山峦叠嶂、沟壑纵横，森林茂密的支提山，满山的绿树，枝梢翻动绿波，树叶铺下毡毯，成了这支队伍游击战争的宿营地、安全窟。《叶飞回忆录》写有这么一笔："从1933年到1937年进行了五年游击战争，这也是闽东地区斗争的一个特点。"他还回忆道："粟裕同志深有感慨地说：这办法好，这叫'狡兔三窟'。'窟'就是根据地，没有'窟'兔就狡不起来。"当年的支提山，真如《游击队之歌》中唱的一样："在密密的树林里，到处都安排同志们的宿营地，在高高的山冈上，有我们无数的好兄弟……"山上是宿营地，各个村庄就是他们的联络点、通讯站、物资供应点，村里的青壮年也就是这支队伍的革命力量。石墩村就位于其中，村弄的各个角落，踩满了这支队伍的脚印。无数的"好兄弟"中一定有着石墩村的农民兄弟。

支提山还是闽东独立师的诞生地。《叶飞回忆录》中写道："1934 年 8 月，北上抗日先遣队到达闽东根据地时，很使我们奇怪：枪多兵少，有一个背两支枪的，有民工挑着枪支的。我便主动问道：'你们要不要补充新兵？'寻淮洲同志颇为吃惊地问我：'你们有办法吗？'我说：'别的办法没有。苏区嘛，群众起来了嘛，这个行。你们要补充多少新兵？'……"由此，可见闽东苏区群众的革命热情。后来叶飞为抗日先遣军征集 1000 名百姓参军。这 1000 人因没能赶上部队，后成了闽东独立师的兵员。

北上抗日先遣队离开时，留下 100 多名伤病员，团、营、连、排干部都有，叶飞觉得成立主力部队的条件已经具备，就于 1934 年 9 月在桃花溪天柱寺宣布成立中国工农红军闽东独立师。

1938 年，独立师又在支提山下的桃花溪村点兵整编，石塘集训，集结到屏南正式改编新四军第六团北上抗日。支提山走出了一支转战南北，一直打到抗美援朝的"长津湖"战场，享有"铁军"称号的部队。

骄傲着这支部队，思维逆流而行，《长津湖》《水门桥》到《沙家浜》，在影视中体会铁军的钢铁意志。由"莱芜、孟良崮、淮海、车桥、郭村、黄桥、皖南、江阴、沙家浜"九大战场，体会这支部队坚强战斗力。从"百丈英风""亲母岭"的战斗，体会这支部队坚强勇敢、能征善战，赤胆忠心的根深蒂固。

我在骄傲着这支部队的同时，骄傲着这方山水，骄傲着石墩村。红军北上抗日，他们一直坚守在支提山的深山里，在党组织的领导下，与敌人斗争，巩固后方根据地，为迎得最后胜利，立下不朽功勋。

红军大部队走后，形势越来越紧张，国民党采取"北和南剿"政策，并声称闽东没有红军部队，要进全面"清匪"。国民党正规军与宁德保安团疯狂"围剿"留守的红军和贫农队，大大小小的战斗一直没停止过。1943年1月，闽东游击队纵队长叛变革命，发生了"霍童惨案"，闽东中共党员、军队领导人、游击队员84人先后遭国民党顽固派的杀害。

一位"五老"的后代说，国民党扬言，谁爱护共产党，就要打到他怕了为止。房子被烧，他们又重新搭盖，财产被掠夺，他们与游击队员一样，挖草根，吃树皮，周边的山能养活他们。他说，他的父亲是个交通员，经常为老阮送信，有时送到溪边，有送到百丈岩，把信件搓了又搓塞在草鞋底，敌人拿他们没办法。游击队白天上山，晚上到群众家做宣传。有一回被包围，游击队从后门进山，敌人开枪射击，子弹就从他母亲耳边飞过。

他说的这些事情，已经是1947年的了，他说的老阮，就是阮英平。阮英平1938年4月到延安学习后，返回了抗战队伍。到了1947年，中共中央决定派阮英平回福建开展敌后游击战争的命令，他又肩负使命，一路辗转回到了桃花溪。村上的群众一见当年的首长回来，个个激动得热泪盈眶。有的群众含泪倾诉，自红军北上抗日以后，他们受到了无数次的"围剿"，桃花溪、梅坑、石墩、华镜等苏区，不断地被烧、杀、抢、掠。

阮英平给百姓讲了革命的形势，召集了坚持在闽东开展革命斗争的领导干部开会，明确指出当前的主要任务是开展敌后游击战争，为迎接大军南下解放福建做好准备，具体提出"发动群众，开展敌后游击战；恢复基层党组织；发展人民武装力量；扩大革命根据地；发展生产，解决苏区人民生活困难"，并派出干部负责恢复霍童、莒洲、洪口、梅坑、华镜、九都、扶摇的工作。石墩村的"百姓谋生合作社"也就在这个时候建立起来的。阮英平根据解放区的经验，拿出200万（旧币）活动经费，同时号召游击队员、地方干部捐款办社。

曙光来临前越是黑暗，国民党在做最后的挣扎，最后的两年斗争更为残酷，然而巍巍支提山，高昂着头，坚定信念，石墩村全村参加革命，一直抗争到宁德解放。

　　石墩村的村委楼上，收藏的一张张"五老"证书，珍藏着共产党人一代代深情厚谊；一枚枚军功章，闪烁着革命者建功立业的光芒；一本本党支活动记录本，记录下代代共产党人"初心不变，牢记宗旨"的足迹。石墩村四周满山翠竹，生机勃勃，在时代的新风里绿浪滔滔。

让人尊称的村庄

◎ 周宗飞

让人尊称的村庄，是宁德市蕉城区九都镇的贵村。

"贵"字除了基本义，也作敬辞，比如"贵姓""贵地""贵国""贵干""贵庚"等等。以"贵"为村名，让人尊称，确实要有底气和自信。

我以为，贵村就有这样的底气和自信！

初识贵村，是 2001 年秋天。那日傍晚，我随领导下乡调研，从霍童古镇坐竹排顺霍童溪而下，没多久，排工便指着前方一座树木掩映、风景秀丽的村庄告诉我们："前方就是贵村。"

坐在竹排上浏览贵村，那绝对是一幅美轮美奂的彩墨山水画：近处是水光潋滟、倒影婀娜的霍童溪；岸边，是一大片玲珑剔透、开阔洁净的鹅卵石滩；稍远处是一座石砌的老码头，停泊着几艘诗情画意的小木船。老码头后面，蜿蜒着一条光滑的石板路；它的周围，是高低错落、色彩斑斓的芦苇丛、榕树群、香枫林和青松带，它们一直延伸到整个村庄和山头。随着竹排的漂流，村里那些连片的青砖黛瓦、鳞次栉比的古民居，蒙太奇似的在树林间若隐若现，加上迷幻的晚霞、暮光里的飞鸟，俨然是陶渊明和王维笔下的桃花源。若不是任务在身，那日我就想上岸游览。

再次结缘贵村，是 2011 年夏天，姐姐一家来宁德支提山游玩，我特意把午餐安排在贵村边上的农家乐里，准备饭后好好参观一下这座慕名已久的村庄。然而，离开农家乐时，因路况不熟，我把小车开进了一条年久失修、道路窄小的机耕路里；倒退时，又不小心掉进了半米多深的茶园，进退不得。正在村边乘凉的 2 位村民远远看到这场景，立即赶了过来。我想，这下坏了，凭以往经验，他们肯定会训斥一通，然后狮子大开口地向我索赔毁坏的路基和压倒的茶树。

可是，我想错了。他们一来，看到侧翻的小车，马上关切地询问："人受伤了吗?"当了解到我们安然无恙，才松了一口气："人没事就好，你先等着，我们去拿工具，把茶树砍了，小车才能开出来。"

仅一袋烟功夫，那 2 位村民便回来了。他们不仅带来了锄头、柴刀，还带来 3 位村民帮忙砍茶树、垫石头、整泥土，并指挥我一点一点地倒车……

折腾了 1 个多小时，我才如释重负地把车倒出了茶园。看到满头大汗的村民和七零八落堆放起来的茶树，我实在过意不去，拿出 1000 元给他们，算是劳务费和茶树赔偿费。他们推搡着，死活不要，说这些老茶树本来就要砍掉，换上新品种的。带头的老陈居然还像犯错的小孩一样向我道歉，说他们没有标好路标，让我开错了路，耽误了我的时间。那神态和语气，让我每每想起，都深感贵村村民的"贵"和自己平时为人处世的"廉"。

因为小车多处损坏，急需回城修理，我只好又一次与贵村擦肩而过。此后，因为种种原因，均未能成行，直到前不久，陪同几位作家前去采风，才算遂了愿。

采风中，我了解到，贵村历史极为悠久。据考证，早在史前就有先民来这里繁衍生息。在村里，我看到至今保存完好的明清古民居就有数十座。它们多半高墙封闭、马头翘角、墙线错落，融古雅、简洁、富丽于一身，很有徽派古建筑的韵味。村里还有多处进士、贡元的古门楼，宋代的石旗杆，明代的祭祀神坛遗址和数百年前的祖厅、宫观、古亭、古井、古渠等。印象深刻的是，村里居然还保留着一座始建于明朝万历年间、2层楼的文昌阁，这在闽东的行政村里，似乎仅有。这些遗留的古建筑里，几乎都或雕刻或撰写的醒世警句和优美诗词，比如"朝耕暮读""国恩家庆""善为至宝一生享用不尽，心作良田万世耕耘有余""春游芳草地，夏赏绿荷池。秋饮黄花酒，冬吟白雪诗"……。

看到这些寓意深刻、语句优美、历尽沧桑的文字，我不由羡慕起贵村的子孙们。他们是多么幸福啊！祖先早早就把文化、智慧和希望，刻进木石，融入生活，流淌在街巷，演绎到祭祀中，让优秀文脉和耕读思想能够潜移默化地润进心田，教化并激励着一代代后人。难怪自古以来，这里的民风会这么淳朴、文化积淀会这么深厚，涌现出许多秀才进士、达官贵人。难怪这里会先后荣获中国传统村落、国家水利风景区、国家级森林村庄、省级文明村、省级乡村振兴试点村等荣誉。

村干部还自豪地告诉我，贵村也是宁德重要的革命根据地之一，开国上将叶飞等老一辈革命家，都曾在这里开展革命活动。他说，"十四五"期间，村委会将上承古风、下启新韵，按照"产业兴旺、生态宜居、乡风文明、治理有效、生活富裕"的乡村振兴战略总要求，充分挖掘并利用本村独特优势，因地制宜地打造一批具有乡土风情、效益明显的特色产业，让贵村真正成为"贵"村，让更多群众真正享受到发展的红利。

离开贵村的车上，我在手机里写下日记的开头："活到这把年纪，能被诱惑的事物已越来越少，但贵村例外。它内外兼修，似乎早已洞穿了我的审美兴趣，知道如何让一位初来乍到的中年人也能一见钟情，进而肆无忌惮地在朋友圈和微信群说出自己的喜爱和留恋。"

是的，贵村，对你，我会一直喜爱和留恋，因为你是一个真正值得让我尊称的村庄！

九都诗篇

◎ 哈　雷

如果要让我选出一条福建最纯净的水域，我一定指认霍童溪——它不仅仅承载着我对水的美好记忆，更重要的是它和我的童年生活有着生命的联结——我曾住在它的上游一个叫"咸村"的地方。我从记事的时候开始，就听老人们说这里的河水是流往一个仙境的地方，它的名字叫"霍童溪"。

霍童溪畔散落的村庄，其名字都飘荡着诗意和仙气：云淡、溪池、邑坂、贵村、铜镜、九仙、扶摇、云气、外表、风吹罗带……

贵村

初次到贵村，是乘着乌篷船过溪的。

第一次被霍童溪打动，也是在这过溪的船上。摆渡的是一位大嫂，竹篙一探，船轻盈地滑向对岸，人在船上，便有了悠然的心境。水汽氤氲弥散，空气中有淡淡的植物香徐徐袭来，它的素雅、隐约，也许最适宜中年人此时闲散的心气。

贵村是安静的，一个幽深潮润的村庄，仿佛时光在这里停息了很久很久。树是独立不动的，缆石的乌篷船静靠在青石岸边，巨大的水车也是那么缓慢地转动。水车边上通往溪流的石板路旁一个农妇在洗衣服，还是拿着木杵轻轻地敲击着。偶有披着蓑衣的老农牵着水牛路过村道，水牛哞哞的叫声打破了村庄的宁静，水牛喷出的鼻息弥散着生涩的青草的味道——这是一个素面朝天的古老村落！

虽说素面朝天、不经雕琢，但质朴自然、简单不失精细。如道上每一块鹅卵石和青石相间的铺设，每一簇从屋角里探出来的青绿的野草，每一枝垂落在溪面的树干，好似经过画笔描绘的、清新之至的溪山春意图。

南方多水华滋。水，是这个贵村的韵之所在。贵村沿霍童溪分布，而贵村古渡口年代久远，建于元朝末年，由大小均匀的鹅卵石铺砌而成。历经几百年的雨水侵蚀，古渡口的鹅卵石表面整洁光滑。今天的古渡口已不见当年那样往来频繁，显得有点落寞寂寥。

从渡口上岸，便能看到文昌阁。贵村文昌阁建于明万历元年(1573)，楼高有二层，其工艺古朴典雅，阁内有众多壁画，代表着霍童溪流域源远流长的耕读文化。它与周边的码头、古厝、湖光山色融为一体，愈显其静谧雅致。

贵村似乎有点遗世独立，它也应该适宜植物生长的乐园。不同的树种都在这里共同承接着雨露，在贵村使得其天性生长着，笔直、秀逸、卷曲、孤傲，有的甚至丑陋，但都是一些古老的树种，如杉树、松树、柏树、银桦等，郁郁苍苍，都任不同层次的绿意泰然生发。尤其是村头那棵高大的榕树，不知多少年了，依旧舒展开虬劲的冠盖。边上那株香樟树和它同样古老，它们紧紧站在一起。不知何时起它们根紧握在地下，叶相触在云里，每一阵风过都相互致意，但没有谁能听得懂它们的言语。它们历经沧桑，相互扶持，像静静守护着贵村的安宁的卫士。

到贵村，最值得看的还是古民居。古时候，贵村的建筑布局有"七墩、八穴、三朝北"之说，指的是东南西北布局规则的七个土墩、八个自然形成的湖、三条逆霍童溪方向的小溪。

俗话说得好，古民居里"门道"多。我走进一座黄氏老宅。这是典型的闽东古建筑，占地七八百平方米，以天井为中心布局，梁托、门窗等木雕饰品俯仰皆是、精美绝伦。据黄氏后人黄其昌介绍，200多年前，他的祖先从相邻的赤溪搬迁到此，做了茶叶生意，发家后就建了这座大院。现在，黄氏人丁兴旺，这座祖宅由100多人共有。老宅的院门像是一个牌坊，与土墙相连，用于防土匪；进门走过院子，来到房子的大门，门内一堵风水屏。屏上还有一扇对开的门，这扇门只有在尊贵客人到来或遇到婚嫁喜事才会开。

贵村古民居是连片的街区，一进入，会有种回到明清时期的感觉。街上土墙、砖墙并列。街区内有众多青砖黛瓦、飞檐翘角、马头墙高高耸立的深宅大院。而大宅院的对门，往往是门庭简朴、土墙低矮的民宅。有钱人住青砖房，普通人住土夯屋。大家都相处和谐。

明清时期，住在这里的人家已经不十分讲究门当户对了。

云气村

见过许多的摩崖石刻、勒石碑记，但从没听说有人在河滩的鹅卵石上写诗的。

恕我孤陋寡闻，在宁德工作了3年多，竟然不知道离城区几十千米的地方就有这样的一条河滩，河滩上就躺着许多的"石头诗"。

2008年的深秋，我在友人的指引下，沿着霍童溪畔的小路，穿过醉意微醺的枫林，走过刻着"云气渡口"的石碑，一大片芦苇丛在暮色中透出金黄的光泽，直逼你的眼，还有那一簇簇喊不出名字的蓬草索性用它的艳红释放狂野的热情。只是无论它们再如何招摇，你的目光最终还是会忍不住被那些躺在河床上睁着眼，仰望苍穹的大小形色各异的石块所牵绊。

"石头诗"大大小小躺在乌猪滩上，一睡就过了半个多世纪。

这里的山水清纯秀美，与霍童溪畔的其他村庄的风物相近、景色相宜。这里的村貌民风古朴旷雅，你也能在溪畔的其他村落寻到踪影。只是，这里的乌猪滩却是独一无二的，它静沐着天地间的朝露暮雨，常年清流漫浣抚慰，才这般吟唱出久远甘甜的歌谣。

这之前我在朋友的博客上找到了"石头诗"的照片，画面的石头上清晰刻着这样一首题为《乌水踩舟，留别吴君春庭》的诗歌："久雨病醒，逢晴忽眼明。沙平双岸白，风迅一帆轻。垂老无他好，所思多远行。汪伦劳送别，潭水有深情。"诗中巧借李白的诗句表达对故土故人的别离之情，却以其静默的姿态，打潮了无数渡口边离人的心。

乌猪滩上的"石头诗"与云气村的青山绿水、白鹭孤舟和枫叶霜天构成了人文与自然相协调的美景，"石头诗"形成了霍童溪流域文化中很独特的景观。

据说乌猪滩的得名缘于唐时，一位来自支提山大童峰的仙人将一群石猪留在了此处。远远望去，那些光滑硕大的青石，还真像是在溪滩上闲憩的黑皮猪呢。抚摩光滑的石面和石上字迹清晰的诗句，禁不住心生疑问：诗题中的吴春庭又是何许人？这些诗为什么会刻在这溪滩上？

据云气村《吴氏族谱》的资料，上述诗的作者均是光绪二十一年（1895）进士、后任民国总统府顾问的霍童人黄树荣。吴春庭则是他的好友、云气村乡绅吴炳游的二儿子。吴炳游经营香料、糖业致富，为人慷慨，热心公益，与黄交谊深厚。后来由于时局纷乱，两人失去联系。直到民国6年（1917）9月，黄树荣奔丧回故里，重访吴家，方知吴炳游已经谢世，不胜感慨。这期间，在吴春庭的款留、陪同下，黄树荣徜徉于云气的水光山色，写下了"沿溪古木影毵毵，乌桕丹枫间两三。壮不若人老将至，物尤如此我何堪？鲈莼返棹秋风兴，鸡黍留宾夜雨谈。如诉道州征赋重，年来民力尽东南"等多首情景交融、感悟深刻的诗作。6年后，黄树荣逝世，为表达对黄树荣的追思之情，吴春庭将黄树荣在游云气时所写诗歌，请人镌刻在了溪滩的卵石上。

后来，曾任江西东乡知县的霍童人郑宗霖和时任福建福清县长的福安人陈文翰结伴同游乌石滩，又各写下五言绝句三首，吴春庭也把它们刻在了溪石上。郑诗有一首："廿七年前事，吾师纪胜游。乌桕丹枫语，谁继旧风流？"从中可以看出他应是黄树荣的门下弟子，云气寻胜缅怀先师，时间当在民国33年，即1944年。

原来这溪滩上的"石头诗"，还藏着半个世纪前一段美好的朋友之情与师生之谊。溪水浣洗的不仅有石头之上的有字之诗，还有文字背后的无形之诗。

石滩·老村

◎ 诚　鹏

与八都鹭洲相比，那九都绵长的石滩倒更多了些人文历史的渊流。云气村的石滩算是其中最有名气的，传说当年霍童溪下游的西陂塘围塘合拢，各路神仙纷纷相助。一位来自支提山境内大童峰的神仙闻讯后，也赶着一群石猪腾云前往，走到云气石滩边正歇脚时，得知那西陂塘于清晨卯时拢了口，遂长叹一声自责不已。于是，他施展法力，将这群石猪留在了云气溪边，是告知后人还是遗留仙意，就不得而知了。久而久之，无名的石滩有了一个接地气且大俗大雅的名字，叫"乌猪滩"。

暑往寒来，那石猪在人间历经沧桑，褪去了猪的模样，变成了形态各异的大石，自然也就多了一份凡间之韵。渐渐，这儿成了一个观山玩水的好去处。还有若干文人雅士在此草庐吟诗，相互馈赠。有人选其得意之作雇人刻于霍童溪畔的大石上，并与大石的传说一道遗留至今。名气最大的当属民国初年大总统孙中山的顾问、蕉城霍童人黄树荣的那首无题诗："久雨如病醒，逢晴忽眼明。沙平双岸白，风迅一帆轻。垂老无他好，所思多远行。汪伦劳送别，潭水有深情。"在这片石滩上，共有 10 多首镌刻在一片奇石上的石头诗。溪水潺潺，清风徐徐，这陶醉于大自然的唱和，成了后人羡慕和效仿的行为。乌猪滩这些年一下子红火起来，成为人们乡村情怀的释放出口。我因为读过几位文人游历石滩所写的诗文，也对石滩产生了兴致。毕竟，在当今环境和氛围中，与大自然的交融比与人的交融总是要轻松容易得多，完全是一种主体的感悟而不一定需要客体的默契。正因如此，面对石滩，彼此的感悟是不尽相同的。穿过枫树林，来到溪边，大大小小的石头在阳光的照射下变得柔顺。我们快步走到那堆曾是石猪的大石边，石上刻的诗有个别字迹因岁月的冲刷而模糊不清了，但我们还是兴致勃勃地连比画带猜，探寻诗中的滋味。累了，就找块石头坐下，用手撩拨着溪水，渐渐地恢复了因炎热而疲惫的智慧。彼岸的草地上有一群悠闲的水牛，而此岸的石滩上则有三两只羊。认真环顾，我发现这石滩在我过往的行程中曾经留下过足迹。至于当年为什么匆匆到此地，已没有什么印象了，当时也没有听说且发现这石上有诗。也许，那时更年轻的我更热衷于都市里新潮汹涌的生存形态与生活方式。要是当年有如今的发现与感慨，那么这篇文章恐怕就早了好些年并且不是这般写法了。

溪水还是那条溪水，石滩也还是那片石滩，只是稍加留心，便多了一段传说，多了一份感慨，无所适从的人，或许能从中找到人生的感悟。心有所获，情绪也就得意起来，觉得满滩满溪一片灿烂，只是那片枫树林仍是绿色的，离叶红还隔着一个光芒明艳的夏季。这与许多传说故事同理，若不经过那样猛烈的灼烤，那枫叶就无法红得蔚为壮观。

九都镇的好多村子沿溪摆开，有多长的溪水就有多长的石滩。

贵村是我们走访的另一个村子。她坐落在溪的彼岸。放眼望去，那群据说已经在这站立800年的古榕树，犹如一面招引客人的酒旗。我们穿过石滩，乘船过岸，在那个年代久远却古朴简易的渡口下船上岸。古渡口建于元朝末年，岸道由大小均匀的鹅卵石铺砌而成。此渡口本是作为霍童溪上游水路流放木头的停靠站，船夫到渡口后，往往要上岸到村里稍作休整，买些食品，再将木头流放到下游的八都一带码头贩卖。因此，渡口成了贵村与外界联系的重要通道。公路修通后，木材外运走陆路不走水路，但渡口依然是村民的聚集点，每至晚风拂来，酒足饭饱的村民大多会聚此乘凉闲聊。

贵村的村口是有些气势的。那群古榕和古樟以数百年的长者资历俯视着进进出出的每一个人。这个村子很有些历史也就很有些名声，原名"归村"。相传在隋唐时期就有人来此定居，元末明初时，方圆36个村落合并为一村，故名"归"。贵村的枇杷在当地是出了大名的，既大又甜。但对此时的我们来说，这只是"据说"，因为我们来的不是果甜的季节，枇杷只是图片只是故事。我们往村里走去，实实在在地感受到整个村子弥漫着古老而散淡的气息。从里到外走了一圈，眼见的一切让人大吃一惊。这村的村口有文昌阁，村中有石旗杆，这些可圈可点的遗迹使我们肃然起敬。而摆放在旗门下的两张清乾隆时的木凳油光锃亮，仿佛历史的积淀在闪光。我们仔细打量老厝旧物的那种神情，让越来越多的老人与孩子感到好奇，如我们对他们的好奇一样。我们刨根究底地寻问村里曾经有过的骄傲和辉煌，那些神色看不出起伏的老人一边抽着廉价烟一边不紧不慢地回答。汇聚的信息让我们诧异，整个村子自开村以来并未出过多少有影响的人物，如今发达的能人也是寥寥无几。

村里的石旗杆和文昌阁，成了一道讲述着人文的景观，但我以为，这本意是一种炫耀的建筑变成了一种期望的建筑。

村民没有回应，我也不好深究。在返回的船上，觉得这村的溪水比彼岸的云气更为湍急并且有旋涡，因此，渡船需稍稍绕点道方能到达彼岸。

我又想到了下游的云气石滩。那个神仙将石猪搁在那，有天时，有地利，当然还有人和。应该承认，九都这一带山水如画。老话说"地灵人杰"，神仙都喜欢歇脚的地方不能说不灵，既如此，这百里方圆就是造就"人杰"的土壤。至于何时出现，我不知道也不会掐算。但不管如何，这儿的人一代代坚守着先祖的信条不动摇。由此，石滩和老村，都在新时代成为九都这片地域温故而知新、顾后而瞻前的好去处了。

在古渡口遇见的诗与书

◎ 许陈颖

一山一水总关情。走进中华的好山好水，看见美好的风物，曾经读过的书、动过的心就从记忆深处走来，仿佛，那些场景、那些故事就发生那里。宁德贵村古渡口，就是这样。

1

自古多悲秋。宋玉在《九辩》中定下了"悲秋"的调子之后，加上历代在秋天流放的文人咏叹，使秋天似乎多了一层枯黄、肃杀的气息。然而，走近宁德贵村，看见秋天的古渡口，措不及防地，唐代李白的诗句"我觉秋兴逸，谁觉秋兴悲。山将落日去，水与晴空宜"（《秋日鲁尧祠亭上宴别杜补阙、范侍御》）就被唤醒。人站在古渡口边，极目远望，鹅卵石的黄、树木的绿、溪水的白，这三种颜色，与盘结在秋空中平静的黛蓝相呼应，明快、纯净，无从悲秋，唯生逸气。

一年四季，春天勃发、夏天热烈、冬天清冷，唯有秋天的成熟与渡口的古意是相通的。"古"意味着年代久远，意味着时光的沉淀。在贵村渡口的古，取了千年时光的力量，它铺展在元朝年间筑就层层叠叠的鹅卵石中，它游走在800多年依然葱茏苍翠的古榕树的枝枝叶叶里，它漂流在波光粼粼的霍童溪平缓安静的流水中。渡口不语，但时光自带的气息使这个渡口有了一种成熟生命的深沉与内敛。纵然是游客来来往往，纵然青年们放声歌唱，纵然孩童们嬉笑打闹，这些喧哗，都被古渡口默默接纳着，轻轻过滤，像一位慈祥的长者对所有年轻后代的包容与宠溺。安宁与舒适，是古渡口赐予所有来访者的礼物。

秋的古渡口，有爱的时光。

2

坐在鹅卵石上，看着身边来来往往之人，皆是心满意足的笑脸，让人惬意。朋友向我介绍："贵村，原名'归村'，归来的归，也是归去的归。"蓦然间，苏轼那首脍炙人口的《行香子述怀》随之而来："清夜无尘，月色如银。酒斟时，须满十分。浮名浮利，虚苦劳神。叹隙中驹、石中火、梦中身。虽抱文章，开口谁亲。且陶陶，乐尽天真。几时归去，作个闲人。对一张琴、一壶酒、一溪云。

"一张琴、一壶酒、一溪云"，这颗"闲心"啊，是多少繁华都市人行色匆匆之后的向往。只是，红尘嚣嚣，名缰利索，何时归去，又要归往何处？看到贵村的古渡口，这首词哐的一声，有了着落。古渡口始建于元朝末年，那时陆路运输尚不发达，重量级的货物往往依赖水路。贵村古渡口原为运送木头的停靠站。货物靠岸，人亦停下。船夫抵达渡口，喝口水，彼此说说闲话，聊聊你家牛羊的长势，说说我家地里的光景，再念一下家里的父母亲人，抖擞抖擞精神，然后再把腰杆挺直，继续运输货物至外地贩卖。那片刻的闲话家长，是生之所愿，是劳之所往，是所有忙碌生计里生生不息的动力与愿景。这样的"闲"或许才是城市中人真正渴望的：短暂的停靠，找到心的方向，然后重新出发。

万物有心，时光漫漫，遗落在贵村古渡口的"闲意"，或藏在每块鹅卵石中，或隐身于每棵古榕树里，或匿于每道水波下。虚苦劳神之人，走近是不够的，还需要把心打开。琴声起落，觥筹交错，然后看水波兴起，云卷云舒。

古渡口的归去，亦是出发。

3

说起渡口，但凡接触过现代文学的人，总会联想起沈从文的《边城》。边远的湘西小城，生活着靠摆渡为生的祖孙二人。在这个从未受过外来文化和现代文明冲击的小地方中，孙女翠翠自然成长。"翠翠在风日里长养着，把皮肤变得黑黑的，触目为青山绿水，一对眸子清明如水。自然既长养她且教育她，为人天真活泼，处处俨然一只小兽物。人又那么乖，像山头黄鹿一样，从不想到残忍的事，从不发愁，从不动气。"沈从文对自然怀有深深的崇敬，在他笔下，翠翠是美的化身，而这美皆源于自然。

这样的自然观，也藏在贵村人的意识中。在贵村古渡口的入口处，坐落着一座文昌阁，始建于明代万历元年（1573），石雕镂窗，飞檐翘角，整体形态灵动巧妙、古朴雅致，与古渡口相互呼应，俨然成景。但令人心生疑惑的是，文昌阁多为三层，但此处却为两层。村中老者用村中一直流传的一个传说来解释这个问题。他说，此阁楼的原址是一株大榕树，树冠如球，长且坚固。与古渡口遥遥相对的霍童溪对岸，生活着一只有灵性的老虎，平日并不伤人，但常常借着树球过溪游玩。当年，贵村中人砍树盖文昌阁楼，闻此虎连续号啸，三天不绝于村民之耳。于是村人选择了减少文昌阁的层数，仅盖两层，以降低高度方便对面的山虎过溪游玩，也使它有球可戏，于是老虎的啸声才停止。贵村之人，一直笃信传说，这是对自然万物的尊重。

亲近自然，化入自然，贵村的古渡口一直这样。

火车开进九仙村 （外一篇）

◎ 张久升

先民缘水而居，宁德的母亲河霍童溪悠悠万年，哺育了沿溪子民。溪水流经蕉城广袤之地，上有拦洪之口洪口乡，随后是文化积淀十分厚重的霍童古镇，下游是河海交汇的八都镇，九都镇居中，似乎成了承上启下过境的一段。宁屏二级路上，多少回汽车呼啸而过，车窗外闪过扶摇、云气、九仙，一个个仿佛从仙境中派生出来的村子，让人神思渺渺，但转眼，霍童溪山水又过了几程了。

忽一日，一个"人"字形屋面设计舒展大气的火车站落在了九都，鲜红的"支提山站"让多少听着报站的人起了嘀咕，支提山，那可是佛教名山。"不到霍童空寻仙，不到支提枉为僧"，原来九都镇背倚的莽莽苍苍如巨莲盛开的崇山峻岭，便是自古及今赫赫之名的支提山，难怪有那些飘渺着仙佛之气的村庄了。

当仁不让直接以仙命名的九仙村，便是最挨近火车站的村子。九仙，莫不与传说的八仙有关？寻问乡人，传说古代邑岭山这地方曾有一女子叫蓝玉花，善狩猎。某日，其子被虎衔走。玉花打虎一铳未中，追赶至山顶，虎不见，孩儿亦不见，正寻思伤悲之际，忽有八仙而过，佛尘一扫，带走蓝姑，说是要回归天庭，三年后孩子必回。果不其然，三年后孩子回来已是成人，从此繁衍子嗣、瓜瓞延绵。后人为祭祀其母已成天上仙人，故村子名曰"九仙"。

传说虚虚渺渺、牵强附会，但九仙村当代却实实在在地发生了凤凰涅槃的故事。这里原是一个畲族人口占多数的小山村，畲民沿山而居，世代耕作。惨痛的记忆在30多年前——1987年9月11日夜里，强台风带来的连日大雨摧毁了村庄，巨大的泥石流如猛兽吞噬了5座房屋，31人瞬间遇难，那是九仙村最黑暗的一天。安抚灾民，安置生活，安排生产，灾后重建工作依次展开。时任宁德地委书记的习近平先后2次来到九仙村走访慰问，给灾民最深切的温暖。擦干眼泪，生活还是要继续。当年，九仙村完成了第一次搬迁，"凤凰"下山，先是三五户，继而呼朋引伴，霍童溪畔建起了九仙畲寨。

苦难的记忆远去，而新的历史又选择了九仙村。2013年，衢宁铁路规划建设穿过霍童溪畔，九都扼霍童溪中点之利突显，站点最终落址九仙新村。"凤凰"二次迁徙，九仙人又一次面临着家园的变迁。这其中，一定有不舍，有对未来家园的忧虑。赔偿、补助，将来的就业问题，每一样都令人挂牵。政府把蓝图端到了村民们面前——新规划的九仙村就挨着火车站，政府负责村庄内路、水、电等设施一步到位，村民们自行按规划修建房子，只要外观相对一致，内部装修自由选择，安迁补助一样都不少……就这样，村民们自己选材，自己监工，一幢幢小洋楼矗立起来了，成了与火车站百米之距最耀眼的建筑群。2020年国庆之际，一户、两户、三户……人们陆陆续续搬进新房。

当地人给这个洋气的九仙新村取了一个如城市高档小区一般的名字——九仙花苑。当你走进这个小区，就已经进入了小区智慧安防系统了。智能门禁抓拍、人脸识别、隐患快速排除、网格化车辆管理、垃圾分类，还有便民服务，一切尽在一网中。在疫情防控期间，火车站旁，这样的安全智慧系统给人以最踏实的安全感。在小区的警务室，警官给我们讲解安防系统，看着屏幕上的闪闪烁烁，不由得心生恍惚，曾经习惯于与土地、山林、茶园打交道的畲民，仿佛一步跨越，从农耕生活进入了信息时代。交通的便捷也拉近了城乡的距离。一段音乐响起吸引了我们的脚步，在广场附近的阴凉地上，一群中老年人正在轻歌曼舞，以为是文化下乡活动来了，可又不见观众。一问，为首的大姐告诉我，她们姐妹节日结伴游玩，被乡村这么美丽的村景吸引，就在此驻足歌舞了。

靠山吃山，靠海吃海，依着火车站，九仙人的想法似乎也多了。这不，才搬进新村，一家农家乐便开了起来，畲家乌米饭香留住了客人的脚步。席间，一位男子忙前忙后招呼着客人，镇干部介绍说，他便是驻村第一书记。那年大灾中，泥石流夺去他的多位亲人，幼小的他幸免于难，是一场场接力挂钩帮扶，使他上了学，读书、工作，成为省属企业的一名员工。乡村振兴的号角吹响，他欣然报名回乡驻村。我欲前去问他对如今乡村发展的想法，看他忙碌又笃定的样子，似乎一切都有了答案。

像曾经撕裂的山体已被绿荫覆盖，荒芜的土地上早已茶园青青，旧时苦难的日子已结痂远去，成为村史馆里今天人们参观的影像和记忆。背倚青山，门迎绿水，"绿水青山就是金山银山"是镌刻在九仙人心头的大字。凤凰是畲民的图腾，徜徉在九仙花苑，只见人家雪白的墙壁上，飞舞着七彩的凤凰。那凤凰，是不是九仙之仙人蓝姑的化身？看到如今的九仙村，她也不愿羽化而去了。

"呜——"前方，火车的一声长鸣由远而近，又一辆火车在短暂的经停之后，呼啸地驶向远方。时代的车轮滚滚向前，多少旧事物随之遗落，多少新事物势不可挡。当村民的目光和四面八方无数的来客碰撞之后，又会产生怎样的蝶变效应呢？

九仙，我们拭目以待。

渡口将别

"让我与你握别，再轻轻抽出我的手，是那样万般无奈的凝视。渡口旁找不到一朵相送的花，就把祝福别在襟上吧。而明日、明日，又隔天涯……"席慕容诗的清丽婉约被蔡琴演绎得万般深情沉郁，每每听着《渡口》，游思就在霍童溪间徘徊。

霍童溪是一条古典的河，仿佛是从《诗经》里走来的那般。六都、七都、八都、九都，这样的乡村排列，让人很自然地就想起古代的建制；云气、扶摇、溪边，这些念起来就不免与庄子《逍遥游》里的村子相联系，也一定是文风帜盛、雅气云集之所。隔着河流读过诸如此类的文字，那感觉还只是停留在揣想之中。直到真正看到那些镌刻在云气村乌猪滩石头上的诗，我相信，在这样的渡口上，发生过亲人远行、依依惜别的故事；留下了故友别离、潭水深情，读书考仕、牵肠挂肚的情怀。

那是一个微雨濛濛、草长莺飞的早春，抑或是云收雨霁、叶落花尽的深秋，两位久别重逢的故交又一次站在了水碧沙白的霍童溪云气村畔。艄公的木船已扯上了风帆，将远行的那位拱手作揖，一再说着"留步，再会"之言，而送行人在岸上亦步亦趋，目极帆去。于是，百余年后，我们在乌猪滩上最大的一块青石上，读到了经日月风雨打磨得依旧十分隽秀的诗句："久雨如病醒，逢晴忽眼明。沙平两岸白，风迅一帆轻。垂老无所好，所思在远行。汪伦劳送别，潭水有深情。"乡村后人将这首《乌水踩舟，留别吴君春庭》的作者和诗作所赠之人都一一作了考证，连同这大青石周遭的大大小小的石头上的诗句，也辨析摘录于族书。对于如我这样后来的造访者而言，披着"云气"，踏着诗句，在光天化日之下听石头与天地的对话，看清风与草木的嬉戏，就足已让人遐思渺渺了。

如果说云气乌猪滩那样开阔的渡口适出汪伦送别的画面，那么，往上不远的贵村渡口怎么看都横生着情人留别的意境。一株临水的百年榕树郁郁葱葱，俯下半个身，探着霍童溪的水温，长此以往，就成了这样的姿势。日复一日，年复一年，也不知看到了多少渡口的离别与叮咛。河面的宽窄因时序而不同，春洪泛滥，秋水清瘦，但不管如何的水满水落，水流在这里却总是悄悄地放慢脚步，寂静无声。那只摇着橹的木船依依呀呀地往返于两岸。在离别的爱人那里，这依呀之声该是涩瑟的离曲吧。沿渡口而上十几级石阶，便是进村的道路。路旁蔓草横生、野花引径，葱笼与芬芳一直领着人们往村子的更深处蜿蜒而去，向闲适安逸的日子飘然而去。

沿溪逆行，上游曾经有一个很著名的渡口叫"金钟渡"，这个在洪口乃至周边无人不晓的渡口，如今大概只能从高峡平湖上那突兀的、仿如金钟倒扣的小岛来判定它所在的位置了。曾经，重重的高山峡谷锁住了一大串偏僻的山村，而这个小小的渡口却成了山民与外界联系的通道。桨橹声中，这个渡口成了一个水边的驿站，人来人往，络绎不绝，造就了莒洲的百年商贸之繁荣。据闻鼎盛时期，每天经过渡口往闽东北各县的船只多达百余艘。而今，欸乃声咽，嗽叭声响，当劈波斩浪的汽艇更多以一种领略者的姿态在这里弛骋，当时速40码以上的汽车在四通八达的交通网上纵横，当年的渡口终将老去。

也许渡口只是渡口，它是连接着一程水路与又一程水路的驿站，是水路与陆路的码头。随着社会的发展、科技的进步，渡口也就像无数曾经在我们的生活中来而复去的事物一样，渐渐消弥在人们的视线中。从这个角度来说，这见证着无数过往与离别的渡口，也在与我们作别。

那么，让我与你握别的时候，为你轻轻唱起这首让你我百感交集的《渡口》吧。

深山识大道

◎ 徐山河

宁德有个巫家山，巫家山有个地下交通站。

这个地下交通站，曾在深山之中秘密地存在，并连接和延伸着秘密的道路……

坐标：巫家山

2022年3月中下旬之交的那个周末，我将又一次向蕉城区西北挺进，前往九都镇南部边缘，坐标：巫家山。

我打算在那里露营一个晚上。但就在那时，疫情防控形势已告严峻，出城区受限。我的再次赴巫家山的计划搁浅了。

此前，2022年3月12日，我抵达巫家山，那是浮光掠影的初见。

一到村口，我跳下车来，巫家山闯入我的第一眼，让我为之兴奋：蓝天、白云、鹰头山。

那是对面，东南方向，眺望兼俯瞰自然敞开的视野。鹰头山，傲然昂着鹰头。鹰头山前，青山密林之间，隐然有溪流横过，这是七都溪的上游。

那时，我是在九都镇所在地短暂停留后，换乘皮卡向巫家山进发的。一路上，长天大云、崇山峻岭和整个春天，在车窗外飞。我不想坐困车厢之内，很快借途中停车的机会，爬上皮卡车后斗，抓紧护栏，迎风站立，以无遮无拦的视野，吸纳巫家山。

这一天，俄乌战争已进行到第十七天。轰鸣的枪炮声，打破时空的宁静，世界和平的碎裂之音又一次清晰可闻。

此刻，在宁德市蕉城区九都镇的一隅，壬寅年惠风和畅的春天，荫蔽着田园的安宁。我不由想到，八九十年前，20世纪三四十年代风雨如晦的巫家山。

那时候，这个重山之中的僻静山村，也有过残酷的枪声。

带血的枪声

巫家山，是巫姓开基的村庄，这个村名，沿用至今。巫姓很快迁走，钟姓随之聚居，巫家山成了纯粹的畲族村落。

巫家山村，坐北朝南，畲民就地取材，依山起屋，以粗大的石块垒砌墙基，夯筑土墙，建起青砖玄瓦的木屋。于是，炊烟升起，青石古道，世代相传。它完全适合嵌入《诗经》"日之夕矣，羊牛下来"的经典画面。

巫家山村，村以山名，村在山中。村子正南是山形如龟的乌龟山，后面是形似弥勒佛的弥陀山。

第一次抵达巫家山村，从村口向村中走去，迎面闯入视野的是废弃的破房旧屋边上，灿烂的桃花开出了寂静的春天。

这次巫家山之行，是红色的寻访之旅，乌坑村支部书记钟瑞琴特意为我们当导游。钟支书是土生土长的巫家山人，对于这块土地，有着基于血缘的热爱。关于巫家山的红色故事，因为祖辈、父辈和前辈乡亲口口相传，他耳熟能详。

我们随着他的脚步，深入村庄。在他娓娓道来的讲述中，眼前的某个地点，转瞬之间复原为过去某个时刻的特定现场，故事随之浮现。

"诺，就是刚才村口的那个停车场。"他抬手一指，"当年钟进慈被敌人开枪打死后，尸体就被抛在那里，现在停车场所在的那个地方。他是给游击队送饭的过程中，被进村搜捕的敌人抓住的，在山上当场就被开枪打死了。头几天，村里所有人都不敢为他收尸，几个参加革命的同志，也不敢马上就出来啊。好几天后，才有几个人悄悄把他的尸体拿去处理掉。"

据九都镇政府提供的有关资料介绍，1942年10月，日寇进村烧杀掠夺，钟进慈配合叶飞带领的闽东独立师打死了2名日伪军。此后，部队转移桃花溪。留守村庄的钟进慈，被再次进村的日寇当场杀害，壮烈牺牲。钟进慈牺牲时，年仅36岁，留下身怀六甲的妻子。解放后，宁德县人民政府追认钟进慈为革命烈士。在九都镇人民政府倡议下，乌坑村于2012年10月1日树立钟进慈烈士纪念碑。纪念碑就坐落在村口停车场的边上，那是当年他死去的位置。

钟进慈，是我在巫家山听到的第一个为革命献身的巫家山人。

子弹穿过肉体，枪声杳然远逝，渗入土地的鲜血，今天已全然不见了痕迹。

但是，那个年代腥风血雨的味道却执拗地从故事中飘了出来，悲壮而沉重地包围你。

吃苦、献命的巫家山人，不只一个钟进慈。

打开资料，死难的消息充斥字里行间。1938年3月，敌保安五团"清剿"宁德巫家山和天丰亭游击区，钟金成在反"清剿"斗争中被捕，同年5月19日在霞浦城关被杀害，壮烈牺牲。钟金成在土地革命战争时期，曾任工农红军安德游击队交通员，参加了安德革命根据地的土地革命斗争和三年游击战争。抗日战争爆发后，闽东红军游击队编入新四军六团北上抗日，钟金成留在闽东游击区坚持革命斗争。

敌人的"清剿"是残酷的，国民党当局保安队曾包围巫家山，对这个弹丸之地实施疯狂报复，打死7人，打残4人，奸淫妇女9人，巫家山的畲族群众付出了惨烈代价。邻近的乌坑、施洋等畲村也未能幸免，房屋被保安队烧毁9座、拆毁11座。

好在，顽强的钟连国，因为顽强而幸存。他被保安队押到郑坑村，遭受严刑逼供，灌辣椒水，坐老虎凳，悬梁吊打，但他宁死不屈，始终严守秘密，最后经多方周旋，用300块银圆得以赎回。

作为地下交通站，巫家山，与鲜血同色。

巫家山的光荣，是革命的光荣，是畲族的光荣，是血与命的光荣。

地下交通站

巫家山18号。

木构门楼，青砖砌成的门框，显然是后来修缮的，门楣上悬挂着一块近年制作的原木本色黑字匾额：地下交通站。

沿着石块铺设的道路，踏上四级台阶，再向左直角转弯，走过三级较低的台阶，跨过门楼低矮的木门坎，我们就进入了这座屋子的前院。

前院左右两端的廊庑，靠近门楼这边的，除去入户过道，因陋就简辟出只可容膝的小间作为厨房，现在呈现在你眼前的是这些坚硬粗朴的设备和家什：土灶、大铁锅、木蒸笼、碗筷、竹编蒸架、窑制茶壶、钵头、畚箕、木水桶、盐巴罐……前院另一端廊庑，则外壳尚在，内里空空，近乎废弃。

前院露天，石头铺砌的两个对称分布的圆形天井及其周边的狭窄走道，连成一片不大不小的空地，天井里生长着一棵七星莲、若干棵飞蓬草和其他的杂草，在这里莲子草安静地蔓延开来，多少显得有点草多势众。空地靠外的一侧，横过一堵短矮的苔痕斑斑的石砌护墙。

此时，阳光照亮院子，站在护墙边向外望去，蓝天白云、青山绿林，铺开视野。

屋子地面高出前院的地面，前院子正中，在两个天井之间，有五级石台阶步道连结屋檐下的土质走廊，并通往屋子。走廊和屋子大厅之间也有一道短矮的木门坎。迈步走进这道门坎，就算是登堂入室了。

这里，就是巫家山地下交通站旧址。

在巫家山地下交通站旧址的陈列室，你可以看到地下交通员给红军游击队送情报用的牛角号角、信号筒、火药枪、煤油灯、竹制茶杯、医疗器具、药罐、送盐的竹筒、十六两秤、扁担、拄杖、马灯、火笼……

所有的这些用具和物件，简陋、粗朴、陈旧，而且越来越陈旧，但它们各自的经历，赋予了它们沉静的光芒，它们获得了比它们作为物质本身，更永久的生命。

地下交通站，也因为它们的存在，勾连起了许多的人事和细节而变得活灵活现。

据有关资料介绍：为了建立福州中心市委与闽东地下党组织的联络渠道，1932年6月福州党组织派丁立山到三都澳，以开业行医为名建立秘密交通站三都百克医院。

1932年10月，宁德城关支部成立后，即在城关建立地下中心联络站红叶酒家，由张东成负责与福安、罗源、宁德梅坑等地的联络工作。

1933年7月，叶飞、曾志受福安中心县委委派到宁德开展工作时，根据斗争的需要，决定开辟"城关—飞鸾—三都—斗帽岛"和"三都—七都—桥头—溪口—巫家山"两条水陆交通联络线。这两条交通线的开辟，把平原、海上与远在深山的桃坑一带苏区连接起来，并与古田、屏南、周宁、寿宁等地的交通站相对接，除传递情报、护送人员外，还源源不断把粮食、枪支、弹药、药品、印刷机、油布、报纸等物资运往桃花溪、梅坑等革命根据地，有力支持和配合了苏区根据地和红军游击队的对敌斗争。

1935年8月，九都华镜中心支部建立，大批骨干加入中国共产党。9月，闽东特委在宁德县梅坑、桃花溪建立游击区办事处，由阮英平担任主任；同月，在巫家山畲族村建立党支部，由钟敬安担任书记。作为七都通往桃花溪根据地的必经之路，依山傍溪的巫家山村成为红军和游击队的重要交通站。

但是，在闽东的革命史上，巫家山不仅仅只扮演了地下交通站的角色。同时，它还是秘密寮和医院。

石垱壑。你听听，这个地名，好像天然适合于隐蔽。为了反"围剿"，防止敌人突然袭击，丁进朝带领巫家山全村群众，在山深林密的石垱壑，建起了"秘密寮"，一座不够，就建两座。

秘密寮，是游击队隐蔽、养伤和临时办公的场所。

除此之外，还创建了红军医院。这是闽东独立师的后方医院，其遗址在巫家山村1千米处的密林之中。

在村东大约1千米处，有个天然石洞。据有关资料介绍，这个石洞深3米、宽4米、高2米，洞口有坪地，曾经是叶飞、陈挺、黄垂明等革命先辈的住处和闽东独立师的物资储备库，也是闽东抗日游击队积蓄力量的后方休养、疗伤地。

因为与红军的结缘，这个石洞被后人称为"红军洞"。

不管是地下交通站、秘密寮，还是红军洞，以及我们无法想象到底是什么样子的"医院"，作为战争年代留存的遗迹，或消失了的遗迹，它们积淀着地理、人文和历史，风中传说、红色记忆漫过了你的追寻。

深山大道

是的，在我们一步步的追寻中，可以想见，巫家山地下交通站的隐秘和地下交通线的崎岖。

即使是当今，在乡村硬化路网无远弗届的时代，通往巫家山的道路，依然泥泞不平，修建出来的公路直至 2022 年的春天，还是半拉子工程，还有一大半是土坯路，小心翼翼的车轮下，粗粝的车辙在满是碎石、淤泥和积水的路面上倔强地延伸。

我们试图沿着这条路，寻找另一条路。

那条无法第二次出现的秘密的地下交通线，在人们回望历史迈步，展开红色之旅的时候，它将如何昭示？

即使从单纯的地理的角度，地下交通线能够被重新勾勒出来吗？

你还能沿着它一步一个脚印地从头到尾也走上一遍吗？

从巫家山到桃花溪的山路，不知道情况怎样。可以确定的是，七都溪的水路，早已被官昌水库淹没，那是绝对的永劫不复、旧路难寻。

好在，地理存在，在这里可以暂时忽略不计。

巫家山的地下的秘密的道路，叶飞、曾志等革命前辈的引领于前，闽东的革命者和畲族的忠烈儿女，前仆后继地写下了神圣的字眼，那就是：和平、理想、未来。

这条道路穿越艰难时世，被英勇的脚步一往无前地踏成了通途大道。

因为昭示的意义，我把这条道路，叫作"深山大道"。

城外的田园

——关于贵村的叙述

◎ 徐锦斌

一

贵村。贵村。贵村。

关于贵村的关键词，有以下若干：沙滩、清流、古渡、扁舟、老屋、泥墙、玄砖、青瓦、绿树、果园……

当然，遗漏的词汇，必须由你补充。

二

你一脚踏上码头，四周看看，霍童溪南北一线，山青水绿，古老的榕树荫庇着渡口，一群鸭子在溪上拨划着幸福的时光。南向东岸，一片松树林极具质感，正适合远望。你沿着榕树盘根错节地锁着的光滑的石阶步道，走向贵村。

贵村村口，那一堵短短的护墙上杂草丛生，爬满青藤。墙内，隔道相对是文昌阁；墙外，是通往码头的道路，古榕树，大樟树，鲤鱼湖，然后是静静流淌的霍童溪。

文昌阁修葺未久，味道太鲜。而据村民介绍，它的始建年代比霍童文昌阁还久远。文昌阁左近是历时不很久的泥墙木屋，赋闲的石臼站在墙角，板车的车身倚墙而立，巷道两旁的木门都落了锁。脚下是窄窄的巷道，屋顶上是高高的天空。那幽深的小巷道，把你的目光引向了村子的纵深处；巨大的陌生感，让你暗自寻思这巷道的尽头又会是一个怎样的开头？

村口的这些房子，虽是年头浅近的建筑，但风雨剥蚀，那墙体的落泥、墙根的野草、墙上的青苔，安安静静呈现的视觉语汇，仿佛天生就属于这样的村庄。几分沧桑，几分安然，你不妨把它们看作明清古民居的一种延续。

这些迎面的遭逢，使你在踏入贵村的第一步之后，有了一个很好的心理过渡，从而走向它上百年的宅门，走向它更深的岁月。

三

就在村口的那一条巷道，那个老人家远远地看你走来。笑着，一种纯天然的友善。她善解人意、落落大方的出现在你的镜头，而陪着她的那只狗，却羞怯地掉头而去。

老人家向你说起她的狗，它很乖、很好，遇到生人都不叫。你立即明白老人家判断她的狗好坏的标准之所在。而人世间，有太多的狗总是以凶恶的忠诚捍卫主子的。狗与狗因为种种原由，而划出彼此间天然的界线。

老人家几次都说，这只狗送给你，你把它带回去。你婉言谢绝了。这样的狗，在户门森然、竞尚浮华的都市里，是不好容身的。羞耻而无力的感觉，使你不敢也不能接受老人家这份淳朴的馈赠。狗靠墙根坐着，竖起耳朵望着你，而你永远也不知道它的心思。

老人家姓黄，82 岁了。她告诉你，她 13 岁就从霍童到了贵村。她站在家门口，两侧是拱门老旧的青砖，身后是室内被淡淡的阳光抹黑的景象。此时此刻，风从巷道吹过，轻轻掠动老人家额前的白发。我看见了她眼神的忧郁、脸上的沧桑，她定格在你的镜头，似乎有片刻的走神，她在想什么？

你拨开幽暗的光线，眼光落在她屋里：一堆从茶园里修剪回来的干柴，一个侧立的空荡荡的木箱。

很久以后，你还会回忆起初见时她舒心的微笑，体味她后来黯然的神思。是什么样的生活造就了老人另一种更本质的表情？那暗藏的凝重？

"村庄。""老人。"在这两个词语中，你领略贵村深藏不露的和谐。

村民主任介绍说，贵村有很多长寿的老人，一个 106 岁的，前几年去世了。现在，八九十岁的老人还有 20 多个。

四

一只小木船摆过霍童溪，在这里，你就完成了东西跨越。

这一年 9 月底的某一天，你随采风团到达贵村。因为行程紧，在贵村，当日你们只走过它靠近溪岸的村道，浅尝辄止，未遑深入。

10 月初，你再度前往贵村，走村串巷。贵村向你展开了它平坦宽阔蕴、藏丰富的腹地。

你行走在村子里，一些巷道此路不通，一些巷道曲径通幽，一些巷道柳暗花明。

贵村有很多老井。你在村子的巷道里绕来绕去，不时就会在某个拐弯抹角的地方遇见一口老井。

这些老井和村前的霍童溪共同哺育了贵村，过去的年岁尤其如此。关于一口老井的记忆是深邃的，不是随便什么人就能够讲述的。屈指可数的几口老井，依旧泉水丰盈、清纯可感。更多的老井枯而未干，徒留形骸，独自憔悴。还有一些老井已被封口，那压在井口的石头，坚守秘密，那一丝透过树荫的阳光是否可以透达井中幽深的内里？

五

贵村是被一条溪、一座山固定的村庄。它的地理位置通常被这样加以描述：霍童溪东岸、伏座山西南侧……

贵村的村民讲起自己的村庄，十有八九都会讲到伏座山古老的山洞，并且都不约而同地用几乎同样的手势、神情来讲一种动物：这么大的个儿，这么长的翅膀。这样的讲述，连同伏座山这样的山名，无疑散发着神秘的气息，陡然使贵村具有了魔幻现实主义的一面。

据说，伏座山蕴藏着金、银、铅、锌、铀。山中的30多个洞就是明朝时开采银矿而遗留的。年久以后，一代又一代的蝙蝠在这些山洞建立了繁华的家园，蝙蝠的子民数以万计，它们自由生长，有的翼展达一米多。它起飞的身影，掠过你的想象。

伏座山。蝙蝠洞。对你而言，它们都是传闻。身临其境的猎奇探秘，正等待着你。

六

你走进黄家的那座180多年的老宅，细细察看它厅堂柱子上挂着的木刻对联，有的木板旧而不破，有的则爆裂已久、漆粉落尽。那联词及其落款，会让你想见当年喜气盈庭，甚至双喜临门的盛况。那时，十几家人同在一个屋檐下。而今，只有一家独住。黄氏后人，那位 70 多岁的老者坐在厅堂上，向你讲述家史。黄家人在此开基的祖屋已有 200 多年。他是这座老屋中的第四代。

门楣老了，门环锈了，石旗杆默默挺立。"进士""贡元"的匾额，只见层层剥蚀的斑痕，曾经耀眼的镏金，早已荡然无存。

乡村的寂寞，驻留着遥远年代的遗响。

七

在此之前，你对贵村不会有任何记忆，甚至也不曾耳闻它的传说。但现在，你有机会听别人讲述关于贵村的记忆。这是一个女子在贵村的往事。她说小时候在九都读书，常常跟在同学后面去贵村玩，记得下车后是一块很大的沙地，那片沙地软软的柔柔的，然后渡着小船到对岸。

当时音乐老师曾教了我们一首叫《山乡小渡船》的歌，我们常常唱着那歌到对岸，也就是贵村。"小小渡船，小小渡船，渡船好像一个摇篮，日出时摇来，日落时摇去，摇走童年的梦幻……"然后，我们就走过一条长长的像堤一样的路。

这个村庄会唤醒你脑海中沉寂已久的情景，返回到过去生活的某个片断。或者它会让你感到新奇，产生留恋，甚至向往。

女子很快就无处寻觅，连同她的回忆。你必须依靠自己，一步步在村中行走，寻访线索。

八

一个村庄的面积永远也不会大过一个城市的面积，但一个村庄的空间却比一个城市的空间显得无限。

金黄色的稻田，翠绿的果园，相间错杂于村中。而且，那真正的山水近在咫尺。贵村就是这样的随意、自由、天然。

通常，你远离乡村，坐享其成，久了，也就远离了事物的源头。在贵村，你就有了一次靠近源头的机会，你目睹金秋的稻穗成片摇曳在田地里，那收割不久的稻田余留着齐整的茬，青青的稻草堆放一旁。

你和农人攀谈，聆听他们细数贵村的物产。贵村的田间地头里耕种水稻、甘薯，栽植枇杷、芦柑、茶叶，这些就是这个村庄的口粮和经济的主要来源。

栽种、喷药、施肥、除草、采花、采果、包果……一个芦柑的产出就与这么多的环节相关。贵村的农民兄弟，这一个姓林，那一个姓黄，你有机会坐在他们的厅堂或家门口，听他们言说农事。三四百株的枇杷，一年可采摘约 4000 斤，收入五六千元。芦柑 200 多株，花 50 多天时间，年收成 60 多担，扣除成本，盈余 200 多元。年收稻谷 3000 多斤，卖 3000 多元，成本就约占 2000 元……听着这样的实情告白，你认为所谓"重在过程，不问结果"的说法，真是颠扑不破的废话。

你在城里享用的每一个水果都是被割裂的个体，它是孤独的。它的可口的滋味里饱含许多少鲜为人知的曲折丰富的过程。比如，贵村盛产枇杷，甜度很好。你所知道的，仅此而已，形状、色彩、味道，都是表面的、易感的。现在贵村给你上了更深的一课：满树的枇杷，要成熟一个摘一个，摘完一株枇杷，头尾就要花 1 个月左右的时间。

九

热情的村民站在文昌阁附近的村道前，指点眼皮底下靠霍童溪岸环状割据的一带狭长的水，告诉你说，这就是鲤鱼湖。这个鲤鱼湖的水自南而北流动，与霍童溪由北向南的流向，形成了逆向环流。你好奇地打量，鲤鱼湖轻波微纹、一言不发，湖岸任意自在、杂草丛生。

村民对鲤鱼湖津津乐道，他回忆着父亲的回忆，小时候一网下去，就能打上来十几斤的鲤鱼。

据有关文字资料介绍，贵村的鲤鱼湖有 8 个。到此为止，还有 7 个鲤鱼湖等着你。

十

贵村。

在过去的很长时间里，或者就在此时，这个村庄常常被人从车窗外轻轻擦过，带走隔着霍童溪匆匆相望的一些浅浅的影像。而这些影像正是与你的记忆、梦想相关联的。

许多年之后，贵村必定会出现在你的回望中。

某一天，你可能抵达并再次抵达这个村庄。

诗意云气

◎ 黄钲平

一个令人遐想的名字，一段久远的传说，一条流经的霍童溪，几块镌刻诗文的大青石……

"停车坐爱枫林晚，浣诗喜赋云气辞。""云气风雅颂，诗滩赋比兴。"步入云气村口，仰面可见寥寥几笔勾勒的手绘诗墙，呈现的是空灵飘逸的云气诗滩，极富山水画意境。

沿溪是一大片竹林，风吹过，发出阵阵响声。文人与竹，向来有不解之缘。伴随着潺潺的霍童溪水，可以想象，古时云气竹林诗会，文人骚客在此吟诗作赋的场景。

蕉城，山水灵秀，历史悠久，素有"海国斯文地"之美誉。游步道两边撷取了蕉城北宋至清朝时期，包括陆游、唐寅和南宋状元余复在内的数十位古代先贤的绝句律诗，倒是十分的应景。

站在河滩上，四面青山环抱，一泓绿水缓缓流过，空气中弥散着花儿的清香。而最让人称奇的是河滩上几块镌刻诗文的大青石，百余年来就静静地躺在那里，似乎在诉说着一段不为人知的往事。幽雅的环境、神秘的石头诗正吸引着越来越多的人前来观光、探奇。

"久雨如病醒，逢晴忽眼明。沙平两岸白，风迅一帆轻。垂老无所好，所思在远行。汪伦劳送别，潭水有深情。"青石上镌刻的正是蕉城籍人士、民国大总统孙中山的顾问黄树荣先生的遗作《乌水踩舟，留别吴君春庭》。虽已历经百年溪水冲刷，题刻却依然清晰可见。"云气诗滩"镌刻着百年留诗之美，更铭刻着一段黄树荣先生亦师亦友的感恩之情。

伴着浓浓的古风韵味，我们看到"时间的入口已经被打开，那灿烂的星群，就闪烁在辽阔无垠的天际"。这是时任中国作家协会书记处书记、副主席吉狄马加创作的诗句。

让时间回溯到 2019 年 5 月 13 日，"青春回眸·宁德诗会"在这里隆重启动，浣诗滩上镌刻的"云气诗滩"4 个大字就是吉狄马加为本次盛会亲自题写。来自全国各地的著名诗人，以及"闽东诗群"诗人、评论家代表共计 50 多人齐聚这里，交流研讨诗歌艺术，开展诗歌采风活动，诗意解读宁德山水人文，弘扬"闽东之光"。

溯流而上，看到是由 30 余块青石组成的"新云气诗滩"。她排成南斗、北斗、中斗、东斗等星象形状，与天上星象轨迹一致，形成天石合一形态。这里镌刻了代表闽东山水人文的佳作，已然成为"青春回眸·闽东诗群"的朝圣地，如今已是当地又一瑰丽的人文景观，仿佛实现了与百年"云气诗滩"的隔空对话。

《诗经》是中国诗歌之母。霍童溪的自然风光及农耕文明的遗存与《诗经》所展现的意境是如此的契合。"蒹葭苍苍，白露为霜。所谓伊人，在水一方。"走进云气，浅唱低吟，重温《诗经》，唤醒诗心，期待更多描写闽东题材的诗歌在这里诗意呈现。

诗意云气，宜颂宜咏！祝福蕉城，祝福宁德！

为闽东和谈而战 (外一篇)

◎ 陈巧珠

据说，重生往往发生在山穷水尽时，接着必定要经历旷日持久地、烟熏火燎的岁月。

当我穿过亲母岭半山腰的一大片竹林时，看见阳光从竹林的罅隙间斜射下来，淡蓝色的烟雾在草丛中袅娜升起，光影绰约。隐约中羊肠小道深处传出的阵阵孤澹絮语，穿过竹林，当年被战火烧焦过的这片土地，伤口结痂后重新生长出的树木与植被，更加繁茂苍郁。

我循着亲母岭遗留的散落的蛛丝马迹，搜罗民间传闻，聆听相关讲述，捡拾"五老"亲属的回忆，查找党史与方志，触摸着落满尘埃的发黄证件与档案，把有关亲母岭战役的历史碎片一块一块用心拼接，复原出曾经的历史轨迹，记录下亲母岭战役的历史终结与另一段革命战争的新起点。

战火引燃那个动荡飘摇的时代，蔓延至每一处僻壤，闽东这个遁迹潜形的山山水水也未幸免于难，亲母岭曾经进行过一场激烈的战争。

西安事变后，夜空出现了一点星光，国民党与共产党进行了和平谈判，可是国民党一边和谈一边"剿共"的念头仍未消除，消灭我党我军的阴谋仍在进行，尤其是南方八省的红军游击队，还是他们的眼中钉、肉中刺，共同抗战的希望非常渺茫。暗夜中的闽东山野，炼狱嚣张，鬼怪狂乱。"消灭了红军回去领赏！"国民党传来的这句话让红军战士们怒火中烧，叶飞听闻后斩钉截铁地说："一定要消灭掉他们。但我们不打无把握之战，等把他们引进老根据地，找个有利战机再一举歼灭不迟。要打，就让他们一个也跑不掉！"一番话说得大家心中大快，热情激昂。

我驻足山峦，眼前的亲母岭与对面的黄土岭神情漠然地相对而立，峰与峰齐高，崖与崖一样陡峭，共同呵护着大泽溪在山下吟唱着四季调。它们在相望中期待，在期待中相望，期待的是山为本色，草木开花，飞鸟翔集，走兽隐洞，各自遵守着丛林法则，与人类和谐相处，期待着那条山路把它们的情感相牵，期待着往返于山两边的人，能从容地在一棵树下或路边的一块大石头边坐下，说着山里的故事，说着镇上的风味小吃。可当年的时局，让山也不安宁。国民党违背大义，违背一致抗日的主张，闽东统一战线的建立一直受到阻碍。大泽溪的清流流淌着哀怨，草木从山岩裂隙中顽强扭曲地生长，只是为了对昼日阳光的追求。

是的，自由和光明总是从冲破黑暗的那一刻开始，而成功总是来之不易，需要天时、地利与人和。1936年8月18日，上了亲母岭，叶飞突然命令队伍停止前进。他扫视四周后猛地用手指将草帽往后一推，抹了一把脸上的汗水，定睛望着山下的洼地，自言自语地说："好地形呐！好地形！""到哪里去给敌人找这样理想的坟地！"叶飞、陈挺经过商量决定就在这里来一个"瓮中捉鳖"。打出军威，逼迫国民党和谈，建立起闽东统一战线，消灭日本侵略者。

他们随后立即进行部署：步枪队埋伏在亲母岭头松林里，驳克枪队埋伏在对面黄土岭左侧，等敌人进入谷底时就来个两面夹击；桃花溪数百名乡亲带着鸟铳、长矛、油桶、爆竹隐蔽在四周山头茂林间，待机助威破敌。亲母岭附近安排几个乡亲砍柴，观察着周遭的一切，包括山脚下敌军的一举一动尽收眼底，通往城关、霍童、洋中三地的路口也安插了耳目。

一切都如预料的进行，第二天早上，亲母岭一片死寂中暗伏着玄机。突然，东侧山头上传来一阵喊声："喂，甘薯被牛吃了！"这是事先约定的暗号，战士们一听就知道敌人来了，顾不得涔涔而下的汗水，立即步枪子弹上膛，驳克枪打开机关，全神贯注着路口。当一队保安兵慢慢爬上了黄土岭头，随后敌军的整个加强连也全都进入了山谷低洼地带，激烈的枪声在黄土岭左侧骤然响起，刹那间把保安兵震得晕头转向。敌军的队伍被前后夹攻，顿时一乱作一团，便转身向亲母岭冲来。整个战斗仅仅持续了 3 小时，红军大获全胜，共毙敌军40 多人，俘虏敌军 70 多人，缴获 108 支步枪、2 挺机枪、200 多枚手榴弹和 2800 多发子弹。敌军加强连则覆灭，上至连长下至马夫几乎无一漏网。

亲母岭战斗打得干脆利落，闽东独立师无一伤亡，同时沉重打击了国民党当局，迫使他们接受了闽东特委的"停止内战，进行和平谈判"的要求，这也是闽东抗战前的最后一仗，至此拉开国共合作抗日、共赴国难的序幕。

大泽溪依然静静流淌，贯穿两岸的村庄，山野乡村就此活络起来。我站在一棵大树下，抬头看着林间洒下的一缕缕阳光，炫丽而又恍惚，静穆而立与一片树叶冷暖相依。我又转头看着大泽溪在前面拐了个弯就消失在前面的另一个村庄。

时间也来到历史的拐点，随着国共合作、共同抗日进程的推进，红军闽东独立师在桃花溪整编后，众多闽东子弟兵离别家乡的亲人们随着大部队北上抗日，阮英平带着他们打到闽浙边，也就有了后来的"莱芜、孟良崮、淮海、车桥、郭村、黄桥、皖南、江阴、沙家浜"九大战役。

红军闽东独立师一路向北、向北，最终以艺术形象展在影片《长津湖》《水门桥》与《沙家浜》时，戳痛了每个中国人的心窝。有人说人世间逝去的每一个人，都将幻化成天上的一颗星，这颗星星终将以另外一种方式陪伴着人世间的亲人。

岭上开遍映山红

青山巍峨藏忠史，碧水长流诉风流。

鹫峰山脉一峰拱着一峰一路拱到了蕉城区，把山的伟岸延绵到了海边。屏南、周宁的千山万壑，百川归流，一路而来汇聚到霍童溪奔向大海。这样的山情水性养育出的蕉城，永远站在时代的潮头，迎风斗浪，接受历史考验，抒写下一页页壮丽的诗篇。

在霍童支提山千年古刹华藏寺前的山丘上，屹立着一块中国工农红军闽东独立师革命纪念碑，碑文为原全国人大常委会副委员长叶飞所题。纪念碑坐落于方亭中，四周青松翠柏、生机勃勃，见证了这方红色热土上的一段峥嵘岁月。

岭上开遍映山红。宁德是一块具有光荣革命历史的红土地，这里在 1926 年就点燃起了革命火种。1927 年，闽东建立了党组织。1931年后，老一辈无产阶级革命家邓子恢、陶铸、叶飞、曾志等先后来到闽东，与当地党的领导人一道，组织开展了一场场轰轰烈烈的土地革命和武装斗争。1934 年，相继成立了中共闽东临时特委、闽东苏维埃政府、中国工农红军闽东独立师，创建了近万平方千米的闽东苏区，成为中国共产党创建的农村革命根据地不可分割的重要组成部分。闽东是当时全国 18 个革命根据地之一，有中国第一支海上红军游击队，有从支提山跳崖牺牲的红军九战士，有无数惊世英烈的传奇故事。

历史不曾走远，革命的足迹遍布在蕉城的山山水水，支提山古刹在宁静祥和的钟鼓声中，让人们感受这方山水的庄严肃穆，也感受着在岁月变迁中的使命担当。

1932年下半年，叶飞奉命由福州赴闽东巡视工作。他了解到当时宁德霍童有一支30多人持枪的工农自卫队，革命的火种在这里已经孕育出一股有战斗力的力量，心中十分欣慰。与他们接头后，叶飞便着手建立组织，不断给他们传输革命道理和斗争方法。1933年5月28日，叶飞和中共霍童区委书记颜阿兰率工农自卫队举行"霍童暴动"。因为有了充分准备，又有着群众基础，这次暴动一举胜利，缴获100余条枪支。战斗的胜利让大家信心十足，再接再厉，同年6月底，创建了闽东工农游击队第三支队。革命火炬燃起，光焰四射。

1933年11月，国民党第19路军在福州打出了抗日反蒋的旗号，成立了中华共和国人民革命政府。叶飞决定抓住时机，发动全区性武装暴动。从1934年1月7日起，整个闽东地区先后发起此起彼伏的大规模武装暴动，很快形成一个100多万人口的红色根据地，并成立闽东苏维埃政府，下辖福安、寿宁、福鼎、宁德、霞浦、连江、罗源等7个县苏维埃政府，以及42个区政府、800多个乡政府。1934年2月，组建了工农红军闽东独立第二团，接着，成立闽东工农红军独立第十三团及寿宁独立营。这些党领导的武装，成为随后成立的闽东独立师的基干力量。

革命力量如霍童溪水一股股不断汇聚，又如三都溪的浪潮一浪高过一浪，许多群众不断加入了革命队伍，闽东主力红军的扩编有了充足的兵员保证。兵员、枪支、干部三者具备，成立闽东独立师的条件成熟了。1934年9月，闽东特委根据先遣队"力量要集中，要有主力红军"的建议，将连罗十三独立团与闽东独立团合编，在宁德支提寺成立了红军闽东独立师。冯品泰任师长，叶飞任政委，赖金彪任副师长。

山风呼啸，绿浪欢歌，红军闽东独立师也唱起自己的军歌。高高山上是我们的宿营地，当地群众是我们军需，食野菜，练本领。支提山成了根据地，寺中的那口大锅见证着这一切。

他们一方面打击恶霸地主，一方面宣传革命道理，发动群众进行抗租、抗税、抗捐等"三抗"斗争。这期间，打民团，惩恶霸，使用了游击战术，打出红军的军威，赢得广大群众的支持。闽东革命力量迅速发展壮大，全师共3个团、1个特务连，另设2个红军独立营，计1600多人、940多支枪，连同各县独立营、警卫队、赤卫队、红带会等地方武装，全闽东革命武装达数万人之众。

这支深得民心的队伍不断壮大，他们的英勇善战，引起国民党福建当局的恐慌。多次"围剿"，战火连天，闽东独立师的官兵们不畏强敌，英勇奋战，以鲜血和生命保卫红色苏区。最令人难以忘怀的便是"百丈岩之战"。1936年，艰苦卓绝的三年游击战争进入第二个年头，国民党对梅溪、桃坑、虎贝等村庄采取"步步为营"和"三光"政策，"围剿"红军游击队。苏区的群众惨遭劫难，斗争日益残酷。

1936年9月的一天，闽东独立师第三纵队的120多位战士在闽东特委组织部长阮英平的带领下，从连江、罗源一带的山区转战到蕉城区虎贝乡，驻扎在虎贝的东源村。中午1时许，哨兵发现约有1个连的敌兵从虎贝桥头方向逼近部队的驻地，情况紧急，哨兵鸣枪报警。

阮英平马上召集纵队长沈冠国、政委缪英弟等商议，决定部队迅速从后门山边打边撤。"敌情不明，不打无把握之战。"阮英平果断地说。后门山右侧有一条通往桃花溪的小路，当部队来到这个路口准备撤往根据地中心时，前方的山岔道上突然冒出一队敌兵。这次国民党省保安团以3个连的兵力，分别从桥头、桃花溪、林口3个方向包围驻地，企图把红军围歼。桃花溪方向上来的敌兵才和独立师第三纵队接上火，来自桥头方向的敌人也开始射击。双方展开了殊死搏斗。尽管战士们骁勇善战，但敌数倍于我，又有机枪掩护，这样面对面的作战，只能招致严重损失。因此，阮英平指挥部队向后山百丈岩方向且战且退，寻求突围。

第二支队长阮吴近奉命率20余名战士迅速抢占百丈岩制高点，掩护纵队撤退；缪英弟率一个支队迎击桃花溪方向的敌人，并掩护阮吴近突进；沈冠国率一个支队阻击桥头追敌；阮英平自率纵队部迎林口之敌。

战争打得相当激烈，百丈岩上的战士处于四面受敌的绝境，突围就成泡影。20多名战士依然顽强抗击敌军，子弹打完了，就用刺刀、用石头，甚至与敌肉搏，有的用枪托对准敌人的脑袋猛砸，有的和敌人抱在一起滚下悬崖……终因寡不敌众，阮吴近身边只剩下8人，被敌人逼到百丈岩顶峰的边缘。阮吴近与战友们身临险境，巍然而立，砸烂枪支，齐声高呼"共产党万岁""红军万岁"口号后，纵身跳崖，壮烈牺牲！他们在陡峭的百丈岩用生命书写了不朽的"百丈英风"。

红军闽东独立师经过血的洗礼、战争的磨炼，每个战士的革命意志更加地坚定，独立师也越来越壮大。他们坚决反击敌人"围剿"，主动打击反动民团，革命势力不断扩大，逐步开辟了以福安、连江为中心的1万多平方千米的闽东根据地，并成功与闽北独立师会师于洞宫山，并成立了闽东北特委，指挥着闽东地区的游击战。

1937年卢沟桥事件爆发，全面抗战成了共产党人的新担当。国仇深似海，责任重于山。1937年冬，闽东红军独立师和各县游击队陆续集中宁德桃花溪整编，成立了国民革命军福建省抗日游击第二支队。随后，红军闽东独立师的3个纵队和师部移驻虎贝石堂，进行为期2个多月的集训，顺利完成了从红军闽东独立师至新四军三支队六团的转变。他们明大义，整军纪，亲百姓，建后方，在石堂整训期间，建立兵械厂、被服厂，还吸收了许多当地青年加入部队。1938年初，新四军三支队六团从石堂出发，历经屏南玉洋、忠洋，到双溪、棠口集结，然后北上，谱写下壮丽抗日诗篇，京剧《沙家浜》中许多伤员都是闽东弟子。

山记得，水也记得。

历史不会忘记，后人不忘先贤初心。中央红军长征后，闽东军民在党的领导下，坚持了艰苦的三年游击战争，为中国革命的胜利奠定了坚实的基础。如今，霍童溪的秀丽风光，支提山的庄严古刹，石堂境内的沉字桥、古民居等，留下了乡愁，也留下了许多故事。

乡村的稻田酿造出股股浓浓的酒香，周边的展旗峰上开满红杜鹃，绽放的，依然是越来越鲜艳而耀眼的中国红。

扶摇杜鹃红

◎ 柯婉萍

　　春风里，霍童溪抖开长长的纱巾，招呼我溯溪而上。沿溪有着诗一般名字的村庄，像一位位久未谋面的老友，在渡口边等我相见。踏着水花而来，我走进了九都镇扶摇村。

　　我和大多数人一样，把"扶摇"一词与《庄子·逍遥游》相关联。那句"鹏之徙于南冥也，水击三千里，抟扶摇而上者九万里"锵锵之势，令人惊叹。而我眼前的扶摇村，温婉秀丽，两岸青山，茶园凝翠，修竹依依，阡陌纵横，鸡犬相闻。

　　枕着溪水走过千年的扶摇村，留下了太多故事。相传南宋时就有先民自江西景德镇迁入，以烧陶为业，窑口林立，村庄因此得名"硋窑"，后人取其谐音，因此有了"扶摇"。如今在扶摇村还留存着十余处古窑遗址。明崇祯年间，这里制作的"鲤鱼吐珠"细陶茶罐至今仍为人们津津乐道。而那些民用粗瓷碗碟，因为沾染了寻常人家的烟火气而显得尤为亲切。1986年，北京故宫博物院研究员、著名古陶瓷专家冯先铭莅临考察时，肯定了扶摇村的古窑遗址对研究元明闽东瓷业发展史以及生产工艺都有一定的价值。

　　扶摇村历史悠久，散落村中的文物古迹构成了一部线装书，翻阅着那些泛黄的纸页，历史的厚重感在心底漫开。尤其是 80 多年前，中央红军北上抗日先遣队途经扶摇村，留下了军爱民、民拥军的故事，在扶摇代代相传。村中的佑信堂、陈氏里厝祖厅和渡口边的古榕树就是见证者。

站在陈氏祖厅门口仰视，眼前这座古朴的建筑像一位老人，青砖黛瓦，慈祥稳重。祖厅门额匾书"耕读名家"，两边对联书写着"祖德数百年礼乐，家风廿二世箕裘"，寥寥数语，道尽陈氏家风。空阔的大厅里，墙上隐约可见红军写下的标语，阳光穿过天井，给大厅蒙上了一层淡淡的光晕。不远处的佑信堂建于明代中叶，素朴玲珑，是当年指挥部临时驻地。

在热心村民的引导下，我边听着故事，边在扶摇村慢慢行走，感受峥嵘岁月里的往事。那条红军进入扶摇走过的山岭古道应该还记得那些年轻而充满朝气的脸庞，记得那整齐而坚毅的步伐，记得八角帽、红领章、红五星，记得那红灿灿的旗帜……村里的老人说，年年岭上杜鹃花开了，他们都会想起红军曾来过扶摇。

故事发生在 1934 年。那一年 7 月，中央红军北上抗日先遣队在军团长寻淮洲、政委乐少华、政治部主任刘英、参谋长粟裕率领下，从江西瑞金出发进入福建。8 月 14 日，先遣队攻克罗源县城，15 日直插宁德洋中，18 日翻越亲母岭、华境，进抵扶摇。在此前一天，中共扶摇中心支部接到上级通知：准备迎接中央红军。

那一夜，盛夏的风褪去了燥热，霍童溪也闪着粼粼的波光等着亲人的到来。扶摇无眠，古榕树记得那晚星夜筹粮的繁忙景象。许多年后，那位曾经参加过碾米的老爷爷坐在树下叭哒着水烟，对着后生晚辈悠悠地说道："那个晚上哎，村里人碾了 200 多担米。一个晚上，200 多担，你想想，那得用多少人？花多大的气力？"老爷爷神态怡然地看着眼前的后生们，他们多像年轻时候的自己啊。那一晚汗流得畅快，像是洗了个通透的澡，汗津津的后背，在柴火的映照下，闪着健康的光泽。

我在巫家山地下交通站旧址看到红军用过的木蒸笼、茶壶、碗筷以及蒸红薯用的竹蒸架等。这些都是群众自发从家里拿来给红军用的，特别是碗筷来自各家各户，各式各样。端详着这些餐具，我一度想落泪。那块有花纹的碗应该是哪位奶奶双手捧着送过来的吧。她是想着用家里最好的东西招待远道而来的红军！

一个晚上的忙碌，扶摇村老百姓还筹集到了毛猪、蔬菜、鸡蛋、黄豆、笋干等。天刚蒙蒙亮，红军便自扶摇岭而下陆续抵达扶摇。当年的情景，我们可以通过陈挺将军的回忆文章去想象："……我们叫喊着奔跑下山，挤在路边的田垄上观看中央红军。中央红军，我们久盼的中央红军！从几千里远的江西苏区开来的正规军，他们可比我们神气多了。队列整齐，精神抖擞，一式青灰色服装、八角帽、红领章，背着方块的圆筒的小背包，还有斗笠、雨伞，头上身上别着伪装树枝……他们边走边笑着向我们招手，说着我们当时听不懂的外地方言……"

那时的场面一定是热烈的：工兵营、步兵营、重机枪营、迫击炮营、运输马队、通讯兵、卫生营等等，一一从门前经过。扶摇百姓早早地为红军战士烧好了茶水，摆在家门口给战士们解渴。村里的老人回忆说，红军战士很守秩序，他们排着队，用随身携带的口杯装茶喝。九都好山好水出好茶，那一天的扶摇一定溢满了清甜的茶香，一杯一盏都在诉说着老百姓对红军的深情厚谊。

此时，霍童溪水缓缓地流淌着，四周萦绕着翠鸟的啾鸣声，一桥飞渡，桥上人来车往，交通便捷。可是80多年前，人们去往对岸只能靠小舢板。为了能将6000多名红军战士和马匹、大炮等物资运往彼岸，扶摇村党支部以最快的速度收集了22艘民用船，组织群众与工兵营密切配合，上山砍树，下水打桩，从上午开始直到晚上7点多钟，在扶摇与九都渡口之间架了一条简易的桥。22艘船紧紧挨在一起，稳稳地托起每一个脚步，目送红军挥师北上。

红军在扶摇村停留2天，给扶摇百姓留下了永久难忘的记忆：佑信堂里首长的谆谆嘱托，那场围在篝火旁举办的军民联欢会，那支军纪严明、买卖公平、对老百姓秋毫无犯的队伍，那些不辞辛劳为群众治病直至深夜的红军医生，还有宣传队里的红军小战士……那一幕幕感人的画面、那一张张亲切的面容仿佛还在眼前。

村里的老人说，红军到过扶摇后的第二年，岭上杜鹃花开得比往年更红、更盛！是的，杜鹃花开遍的红土地记得那些为革命事业洒下青春热血的先辈们，那一个个闪光的名字已然长成了青松翠柏，屹立在天地之间。

春风里，耳畔传来当地百姓为纪念中央红军途经扶摇编的歌谣：

> 一送亲人下山坡，枝上喜鹊唱战歌。
> 军民原是同根树，山枯石烂情谊长。
> 二送亲人渡索桥，一双茧手一片心。
> 强颜欢笑送君去，几时人马再重归。
> 三送亲人过河塘，男女老少立两旁。
> 千言万语诉不尽，鱼水情深永不忘。
> 四送亲人上北方，万里征程只等闲。
> 但望早日传捷报，雄师士气威名留。
> ……

卜龟岭的身影

◎ 杨秀芳

车子沿九贝公路行驶 9 千米，就到达华镜村。

华镜村处于高山密林深处，群山环抱，地势险要。此村背靠桃坑、吴松、黄垱等地，同霍童、七都、九都等地紧紧相邻，地理位置有利于开展革命活动，成为第二次国内革命战争时期的根据地之一。史料上说，从 1931 年开始，此地就有革命的活动。1933 年，颜阿兰领导成立工农自卫队，深入华镜等地发展革命武装力量。颜阿兰不幸遇难后，吴嫩弟继续领导华镜等自然村成立贫农团组织。如今，全村辖有华镜、百叶洋、外洋等 9 个自然村，共有 126 户、567 人。

初春二月的华镜村，刚刚褪去严寒的侵扰。地里草儿，枝头绿芽纷纷冒出来。村前几棵桃树上结满密密的花蕾，有的已经开出花来。村子干净整洁，老人们三三两两聚在店铺门口拉着家常。原村主任胡善贵和两位村民领我们直接往村后山走。沿着石板台阶向上走几十级再左拐，就看到一座年久失修、显得破败的两层土木结构的房子立在山前。村民阮芳星说："这是我的祖屋，当年卜龟岭苏维埃政府就设在这里，我爷爷阮桂满当选为主席。"当年党组织在闽东各地都成立了苏维埃政府，为方便信息沟通，还建立了四通八达的地下交通网，土生土长的交通员是这个特殊战场的战士，阮桂满同志就是其中的一员。他在艰苦的环境中，锻炼出了坚毅果敢、不怕牺牲的特性，深得群众和领导的信任。

屋子多年无人居住，蛛网遍布，炭色的木板足以表达曾经热闹的烟火人间。据说房子里有个地道，一边通往后山的石洞，一边通向溪边。只是中华人民共和国成立后地道"功成身退"，阮桂满用泥土将通往两处的暗道封堵了。胡善贵翻起右边卧室两块地板，露出可留一人躲藏的空间。阮芳星说："爷爷那时和我说，不要全堵满了，留下些空间做个纪念。"是呀，能不值得纪念吗？想当年那两条黑暗狭窄的密道就是革命者的生命线，他们在烽火硝烟的岁月里穿越，突围……

宁德县游击队于 1933 年 3 月在颜阿兰的领导下成立自卫队，阮桂满带领村民纷纷参加了革命武装力量，他的主要身份是交通员。那时革命气势如星火燎原，眼看队伍不断壮大，各地党组织的联系也慢慢紧密起来。敌人显然惊慌，随即，国民党陆海军陆战队派 1 个营的兵力联合民团"搜剿"游击队，虽然军民英勇抗击，但游击队第三支队在同敌人战斗中，仍寡不敌众屡屡遭受重创，颜阿兰也不幸被敌人杀害。危急关头，在吴嫩弟的领导下，阮桂满和许多积极分子在村里也成立了贫农团组织。为了保全革命力量，革命组织转为更隐蔽的战斗。阮桂满的主要任务还是秘密运送物资，侦察敌情，想方设法保护游击队员。他位于卜龟岭家的暗道就是在那时候挖成的。

阮桂满胆大心细，每次面对敌人的盘问都能随机应变、巧妙脱险，并将信件、物资安全送达临近村落以及周宁、福安等地。他常常将自己的经验传授给身边的革命同志，还把自己卜龟岭的家设为秘密会议场所。1934 年 3 月，叶觉登被捕叛变，秘密交通网被严重捣毁，大量的交通员被杀害。阮桂满获得消息，赶紧带领身边的几位游击队员躲进深山老林。凭借着对山林的熟悉，他每天采野菜、摘野果、捕猎物给队员们充饥，采挖草药给伤员治病，还要冒着生命危险与组织取得联系。革命者不怕牺牲、追求胜利的坚强意志是打不败的，即便不断遭受敌人残酷的打击，但革命形势依然风起云涌。

当年 7 月，在范铁民的领导下，宁德苏维埃政府在霍童坑头村成立，紧接着在宁德县委的领导下，卜龟岭苏维埃区政府宣告成立（第一个区级苏维埃政府），下辖外洋、镜兜、溪边、石垱、扶摇等乡村苏维埃区政权，阮桂满当选为主席，办公地点就设在他的家里。他们主要的工作是组织抗租团，领导农民进行抗租、抗债、抗税、打土豪劣绅、收缴敌人武器等革命斗争。

有一年冬天，叶飞等领导人正在屋子里开会，阮桂满小叔叔警觉地听到屋外由远而近的脚步声。不好，屋子被国民党兵包围了。他赶忙冲上楼顶将杉木皮拉开，让几位领导人藏到上面去。然后自己和几个村民朝敌人开数枪后径直往后山左边道上跑，待所有敌人都被引至左边山道后，阮桂满马上返回来，掩护叶飞等领导，从右边的山道往赖岭村方向跑去。敌人扑了个空，转头又回到卜龟岭，他们疯狂镇压并杀害进步群众和被捕的游击队员。此次"剿捕"行动使得卜龟岭苏维埃区政府遭到严重破坏，此后，闽东共产党地下交通网络都分别遭遇重创，革命再次面临危机。敌人以搜索"红军游击队"的名义，挨家挨户把能抢走的东西通通拿走，搞得民不聊生。

阮桂满陪同叶飞、陈挺等领导人，将革命工作转为秘密活动。他们辗转虎贝、霍童、巫家山、周宁等地，秘密联络各地党组织并发展革命群众。"叶飞总是叮嘱我爷爷，要好好和群众做动员工作，坐下慢慢谈不要急躁，要使人佩服了才能坚定信心跟党走。"阮芳星说起爷爷的革命史，油然生出自豪感，"我爷爷人灵活，为人真诚，善于联系人，凡是被他做过思想工作的人，都相信共产党是大救星，所以叶飞等领导也很信任他。"阮桂满始终以革命工作为己任，完全不顾个人安危。在敌人严密封锁下，他依然想方设法冲破敌人防线，为上级和其他地方党组织送信、送粮。各个部队在阮桂满等一批秘密交通员的协助帮助下获得供给，并能及时掌握敌情，做好周密部署，使得闽东游击队员们行动神速、潜匿无踪。

　　中华人民共和国成立后，阮桂满回到华境卜龟岭家中务农。长期的秘密革命斗争工作使他仍然保持革命者的刚毅与坚强，虽然在农村生活的日子非常艰辛，但他始终没向政府部门讲述他的功绩。

　　从老屋出来，回望着这座从硝烟炮火中遗留下的房子，它真的太像历经沧桑的风烛残年老者。不过，它正当年轻时，却使命不凡，它多像是阮桂满老人留在世间的最后一抹身影呀！

九仙凤鸣

◎ 范秀智

　　10月初，秋分刚过，寒露未至，正是出行的好时候。地处亚热带的闽东大地，并不能明显见到夏与秋的起承转合。此时的九仙村，正安安静静地坐落于霍童溪畔。

　　刚好正午时分，热烈的阳光笼罩着整个村庄。高大的白石板门楼矗立在村口，上书"九仙畲族村"。两排白墙青瓦的别墅式小洋楼整齐地分列两旁，半空悬挂着一道道写满畲族文字的彩旗。正中是一条宽阔的柏油马路，笔直地延伸至村后的座座青山。整个村庄由近及远地势渐高，在蓝天白云的映衬下，竟显出一种辽阔沉静的美！

　　这座被国家民委命名为"中国传统特色村寨"的畲族村，轻易打破了我对传统村落的固有遐想。一个隐秘在闽东一隅的乡村，保留着"绿树村边合，青山郭外斜"的恬淡秀美，流传着美丽的畲家女子羽化成仙的动人传说，却又充盈着浓郁的现代化气息，于青山绿水间，诗意地栖居着。这与我曾见过的村落相比，别具气质。

　　来这里挂职的驻村第一书记钟奶恩，对我们讲起九仙村的前世今生。我们惊讶地得知，眼前这个传统与现代相交融的村庄，并不是自然更迭与发展的结果。它的现在与过去之间，隔着一段惨烈悲痛的往事。

1987年之前的九仙村畲民，是居于半山腰的。1987年9月11日的夜里，一道道闪电撕破乌沉沉的天空，紧接着隆隆雷鸣、风雨交加，连日的强降雨让这些山的子民隐隐感到不安。他们没想到，伴随着暴雨袭向村庄的，是一场百年罕见的泥石流，泥沙碎石滚滚而下，5座房屋瞬间轰然倒塌。泥石流过后，劫后余生的人们在堆满泥浆、乱石、碎瓦的村子里，凄切地呼唤着失散的亲人们。但是，31条鲜活的生命已经永远地消逝了。曾经生存的家园竟成了亲人的埋骨之地。山哈人的凤凰啊，其容惨栗，其声凄悲！

　　幸而，有温暖的手托住了这巨大的悲伤。政府部门快速启动灾后重建工作，一座座拔地而起的新居容纳了失去家园的人们和一颗颗恓惶的心。心安定下来了，日子就安稳了。畲家的优美歌声，重新唱响在九仙新村。

　　星辰轮转，日月更迭。当那段惨烈的往事逐渐成了深埋于心的记忆，从悲痛中缓过来的人们，总是深情地回忆起，1989年春节和1990年1月，时任宁德地委书记的习近平同志先后两次进村慰问受灾群众的场景。于他们而言，那两次的会面，是在失去家园和亲人后的惶恐不安中，获得的温暖和希望。知道有一个人，时时牵挂着他们的现在和未来，感受到有一种力量，悄悄抚慰着他们的伤痛与无奈。

　　直至今日，九仙村的村民仍牢记着习近平同志那时的嘱托："植树造林，保护环境，重建家园。"植树造林成了九仙人代代传承的信念，人不负青山，青山不负人。原村支书钟珠文指着乡村振兴馆上方题写的一行字"绿水青山就是金山银山"，沉痛地说："我们现在每年都要大量种植树木，以往的教训不能忘记啊！"在那场灾难中，他家15口人被冲走10人，几近家破人亡。曾经的惨烈画面，如今已被一片青翠覆盖，但伤痕犹在，记忆犹在，幸存的人们也在重新思考着人与自然的相处之道。

2016年，九仙人被更大的幸福紧紧拥抱。因国家重点工程衢宁铁路宁德段建设需征用九仙村民现居村庄，蕉城区政府决定在村庄附近新建现代小区来安置村民。一座座砖瓦房被一幢幢徽派风格的小别墅所取代，整个村子规划合理，村庄景象被现代风格重新塑造。九仙新村，成了"九仙花苑"。整个小区实施智慧安防项目，数据自动采集，异常及时预警，隐患高速排查，党建、消防、养老、车辆管理、垃圾分类等进行智能化管理服务……科技的力量蔓延到村子的每个角落，成为一个传统畲族村落的现代表达。实实在在的幸福感与安全感，稳稳地在这个村庄里流淌，但留住幸福，是需要底气的。或许是曾经的苦难让九仙人越发珍惜眼前的一切，为了让自己的家园发展得更好，九仙人用智慧和勇气走出了一条宽阔的发展之路。

当家人钟奶恩兴致勃勃地向我们介绍这几年的发展成绩，乘着乡村振兴战略之东风，九仙人因地制宜种植经济林木，大力引进高经济效益的茶叶品种，并与周边龙头企业对接，形成产业链发展模式；依托交通之便，利用科技之力，种植业、林木业、物流业、旅游业全面开花，人才开始回流，村民们在家门口就业，整个乡村产业的发展进入良性循环，全新的乡村空间格局逐渐形成。

当地的年轻姑娘小兰，担任解说员，温婉可爱，笑意盈盈。闲聊时，她的言辞间满是骄傲与自信："我刚毕业就回来了，这里一点都不比外面差，而且我还能和家人住在一起。"不只是小兰，还有越来越多的年轻人，毕业后选择回到这个生养之地，一起建设美丽家乡。年轻的九仙人，对他们的未来从不迷茫。

钟书记兴奋地告诉我们，九仙村与国网宁德供电公司合作，将共同打造小区电力特色示范项目，推进储充一体化项目、能源服务站、5G共享等建设。他站在九仙村的凤凰广场上，指着一侧已见雏形的项目工程给我们看。广场正中央，有一座舞台，颇见规模，平日村里的集会、演出等都在此处。舞台上方题着"凤鸣朝阳"，正在阳光的照耀下熠熠闪光。这个融入现代文明风景的传统畲族村落，经历两次整村搬迁，经历自主发展，终于脱胎换骨、涅槃重生，成为镶嵌在青山绿水中的一颗璀璨明珠。山哈人的凤凰啊，于草木中高傲阔步，在山水间振翅凌空。

整个下午，我们都漫步在村庄里。抬眼是山头大片的茂林修竹，满目葱茏，清幽静谧。低头是遍地花草，清风微拂中肆意舒展身躯。开门是蜿蜒曲折的霍童溪，碧波荡漾，水雾氤氲，九仙人的每个清晨，都是被一叶桨声唤醒的梦。几百米处，隐约可见新建的支提山高铁站，它是九仙村对外打开的一扇窗口，让这里成为远方的诗意。在乡村振兴战略的大背景下，这个小小村落"看得见青山，望得见绿水，留得住乡愁"。它所彰显的，是中国城乡关系的重构；所描绘的，是乡村振兴的崭新图景。

傍晚，阳光的热烈收敛起来。村人陆陆续续地走出家门。看到我们在村里信步穿行，便报以淳朴和善的笑容。孩子们无忧无虑地奔跑着，父母在后面微笑地看着，老年人三三两两在家门口坐着闲谈。欢快的笑声与风声一同穿梭在大街小巷，整个村庄似乎一下子活了过来。世俗画卷，烟火人间，让人无端羡慕起来。

村里有一家本地特色的农家乐，我们在此就餐，体验一番畲乡美食。其中有一道乌米饭，上菜的姑娘特意提了一嘴，这是畲族"三月三"过节的传统食物，由老板娘亲手所做，先用乌稔树的树叶泡制，而后蒸熟。乌米饭色泽黑亮，点缀着芝麻与红枣，放在白瓷盘中实在是赏心悦目，吃一口，唇齿间软糯可口、细腻香甜。我们不吝词汇地夸赞着，老板娘笑语晏晏地道谢，热情地邀请我们下次再来。

大大小小的角落都走遍了，临别之际，大家却似乎有些意犹未尽。这个村子并不大，如果于九空之上俯视，在广袤的中国版图上，只是占据其中微小的一个点，但绽放在这里一朵朵的笑容，是那么真实。我忽有所悟，九仙人的幸福生活，不就是每一个中国人伸手可触的现在；九仙村的生机勃勃，不就是每一个乡村近在眼前的未来？"老吾老，以及人之老；幼吾幼，以及人之幼。"在这片土地上，目光所及之处，每一个子民，都有安居之所；每一个生命，都被敬重善待；每一次挥手，都有亲切回应；每一种幸福，都有依托之处。人民至上，生命至上！这不是一句口号，而是千金之诺，必履之行！在这么一个小小的村落，我分明窥见一个泱泱大国的风华气度，一个伟大民族的复兴之路。

车子渐行渐远，我忍不住再次回头。天色渐渐暗沉，但透过车窗，仍能看到在那座高大的门楼之上，两只明艳绚丽的凤凰正骄傲地抬着头，展翅欲飞，在如烈火燃烧的夕照下，我仿佛听到一声清越嘹亮的凤鸣之声，穿透九重云霄，响彻四野八方……

贵村，你好（外一篇）

◎ 张　颖

几经驱车绕行，我终于站在你的面前。我强行抑制住慕名已久的颤动，装作不曾认识，平静而矜持地向你伸出手，轻轻一握。

"你好，请问你贵姓？"

"免贵，我姓贵。"

我们都笑了。村口左手，一株400年的小叶榕树，粗壮的根部龙蟠虬结，在这片古老、肥沃的土地上扎着结实的马步，岿然不动，繁茂层叠的榕树叶"沙沙"作响，随着你我的笑声婆娑起舞。

你知道吗？我曾经无数次地路过你，错过了你。去霍童，去外表，我曾站在高高的路旁，穿过两棵树间，久久地遥望你，你就站在霍童溪的对岸，风吹开晨雾与炊烟，我看到渡口、白房子、水车……你就静谧地站在那，仿佛尘世间的一隅净土，好像还未苏醒。

此番，我不再与你擦肩而过！早晨，在已然过了小雪的初冬，我迫切地要走近你，我要登门拜访了。

我走过明朝的文昌阁，走过那一节爬满蕨类的断壁残垣，我想走进你，了解你，如此迫不及待。沉淀了几百年历史的你，以沉稳缓慢的气息引领着我。左侧两棵笔直的，与你同样古老的小叶香樟树，在路旁微微散发着古朴的木质芳香，它们繁茂的枝叶，与一棵寄生了爬藤和蕨草的参天大榕树，在半空中交叠相拥，如同互相扶持、历经沧桑风雨仍然坚守村庄的三位门将。它们的身后流着一条河沟，松软的泥土和浮游植物，在绿油油的水里做着飘摇的梦。河沟旁的四幢小木屋，在树荫的庇护下浅浅小憩，一段梦幻幽谧的光影停留在这里，恍惚间，我以为走进了童话世界。

一位本村的老者，坐在樟树下的椅子上，一根拐杖斜靠着木椅的扶手。他满头银发，穿着褪色的20世纪80年代中山装，褪色的还有他逝去的年华。他目光深远，越过小木屋所在那片沿溪广场，看着对岸的山线，任凭幼童们嬉耍、游人们烧烤、少女们拍照……同这座村庄一样，他安详地接受着时光所带走的以及所带来的一切，不慌不忙。

我循着村尾的方向望去，沿途尽是榕树与樟树，还有些许柏树、杉树、银桦等，它们郁郁苍苍、枝叶欢笑，哪有冬日的萧索与荒凉？若不是飘落几片镀黄的叶片，我还以为是走进了春天的你。我走过刷白了的房屋、坍塌的黄土墙、小小的枇杷园、展叶的水观音丛、蹦跶着蚂蚱的草丛……我打量着你身上的每个棱角、每寸肌肤，乐此不疲。路经一处石阶，石阶蜿蜒而下直达溪边，石阶的每块石头比村里的老人们更老，它们在经年的踩踏下与土地紧密不分，青灰冰冷之中竟被累月的脚步磨出了一片温暖的光滑，它们承载着村里几代人年轻时走出去的雄心以及他们年迈时归根的近乡情怯。一级级的石阶，如一条条的抬头纹，深深嵌在了你的额上，一位穿着藏青小袄的老婆婆，挎着一篮子青菜，利索地拾阶而下，像踩着琴键，一条石阶把足音折叠成韵，一串音符滑到了溪中……如果说霍童的溪水是你清澈透亮的双眸，我愿意是那搁岸的小舟，像一片叶子，轻轻地落在你的眼中，将一颗放逐的心，停泊在那。

"啊，那不是水车吗！"我被游人的一声惊叹招回了魂，与水车不期而遇的喜悦在她的喉间绽放，她像一只雀鸟朝村尾的水车飞去了。

一架水车，是多少人梦里水乡必不可少的元素！似乎有了这块"胎记"，才不枉"水乡"这一温柔湿润的名分。我还记得第一次途径你的时候，一眼望见对岸的水车，心尖一颤，因此一见倾心，魂牵梦绕。水车之于你，是否就像纸风车之于孩童，只是你手中一件消磨时间的玩物？

我疾步行至村尾的路旁，居高与水车平视。水车的木色透着青春的稚嫩，一看便知是刚架起没几年的新景物，是谁体贴地为游人们安置了这——一个水乡的梦?!

大大的水车每转动完一圈，便发出颤悠悠的咯咯声，如一位虔诚的朝圣者，转着一部流淌千年的经文。年轻的它，与古老的霍童溪水磨合，在与素净的岁月磨合。清澈的渠水与溪水被石头垒砌的驳岸隔开，它们一同唱着哗啦啦的歌谣，去赶一个古老的集市，日夜不息。驳岸的前头长着一簇芦花，如一位软玉温香的女子，腰肢柔若无骨，随着歌谣旖旎从风；驳岸的另一头，一棵银桦茕茕孑立，凝望着那簇芦花，满目爱怜，仿佛一位孤独而痴情的守望者。

毕竟已入冬季，溪流的水位降了，水流也缓了。溪边的石头滩裸露而出，石头彼此紧紧地挨着，它们被溪流洗刷得深刻而锃亮，它们晒着初冬的阳光，呼出温暖、平和的气息，同村里的人们一样，和时间的流水相伴如常。对岸矮小的青山沉默着，将连绵的思绪与光阴一同倾斜在溪水中，与倒影久处相安。突然，一只鹭鸶从空中落脚在这里，它挨着石头趾高气昂地踱步，在溪流间寻觅小鱼，这片山水因一只高贵的鹭鸶灵动了起来。

我闭上眼睛，听着"迤逦莺啼共燕语"，尽情地舒展肺叶，汲取你由内而外散发出的仙气。

当我睁开眼时，一对白蝴蝶翩跹而过，落在前方的一株美人蕉上。美人蕉已经褪尽红裳，擎着深棕色果实，向着天空。这对轻盈的白蝴蝶，又朝我身旁那棵古老苍劲的榕树飞去了。巨大的榕树撑开华盖，将阳光层层地筛下，撒下一把"星光"，落在一丛丛的滴水观音上。滴水观音，张开肥大的叶片，层叠交错地匍匐在榕树的脚下，带着感恩与谦卑的心。榕树弯下雄壮的脊背，谦恭地贴着溪水，倾听着从上游奔流而来的隐语。滴水观音跟随着榕树的脚步，好奇地垂着青翠的"大耳朵"，临于水面……

让我再深入一点了解你吧！

你带着我穿过一截斑驳残破的夯土墙，夯窝上的沙砾，在阳光下闪着久远的光芒，在村庄的生死轮回中，这面看似颓废的墙，固执地站成一道原始的风景。大片苍翠的薜荔，攀附在夯土墙的断面上，毫不羞涩地展示自己善生善养的生命力，像绿色的火苗，烧成一片生机勃勃的景致，它们结的果实可以做成村民们在夏日的消暑食物——凉粉。黄土与薜荔在这初冬相遇，如同我与你的相遇。这一刻，我多想是一只小蚂蚁，或是一朵野花，隐逸于此。这一角再寻常不过的村景，和我的老家一般亲切可人，眼里触摸到隐隐发潮的乡愁，尤其是偶尔还传来的那几声狗吠和鸡鸣，心窝一热，便不由自主笑了，脚步也快了。

我跟随着你的气息，穿过一条蜿蜒的巷子，一不留神，便走进了你的一段过去，走进了一座明朝的古厝，走进了一片被凝固的时光。一片青苔滑过古厝湿热的记忆，当我的手轻轻抚过那青砖老墙，心间一震，它还活着！砖缝里有它呼出的温暖的鼻息，它以不易让人觉察的脉动，伫立在"灵山多秀色，空水共氤氲"的土地上，耳边似乎还拂过它繁华时的暄风。它窗棂上栩栩如生的木雕，曾经是多少能工巧匠，耐着性子一刀一刀刻出的，他们屏住呼吸吹开木屑，于是一个个惟妙惟肖的花鸟、人物鲜活了起来，他们以灵巧的手在木头上留下了这村庄悠远的脉络，给我们留下了一段在想象中追溯的陈年往事。透过那片窗棂，我似乎看到一位梳着桃尖顶髻的少女正低着头绣花，她轻轻的一声叹息，落在那片晒着明时阳光的地砖上……这些生长在山林间的树木，被古时匠人的手重新赋予了生命，与古厝的光阴和故事一同生长至今。一道明清的阳光，从幽深的宅间，从沉默的窗棂穿梭而过，与此刻初冬的暖阳融和、游移。这些镂雕漏过了多少不可再言语的过往、不可再驻留的时光……明清时的贡元们走过这座古厝的时候，是否把得意的微笑留在了那高翘的飞檐？

我看到了你的现在，也望见了你的一段过去，你的800多年，我还需要慢慢了解。

我突然明白了，你淡然处世的底气，来源于你曾经的骄傲、积淀的文化、古老的生命以及依山傍水的身姿。你包容着残破与簇新，以一种无为来面对道法自然。你敬畏着大自然一切的生命。

我不得不承认，遥望着的你和了解过的你是不一样的，同样的是我对你的美好心思，我把这份心思印在了明朝古厝的墙上。

我想，下一次来看你的时候，我可以毫不掩饰地紧紧握住你的手，将千言万语凝于一句问候：

"贵村，你好！"

荷绽洋岸坂

记不清是从什么时候开始，洋岸坂与莲花结了姻缘。

微信圈里，朋友们无心秀出莲花池为洋岸坂轮番的造势，让我这个有心之人不免在炎炎夏日多了一份小牵挂。

洋岸坂，一个再平凡不过的小村庄，在7月的三伏天热情地递给我一张名片，我欣欣然接下了它——"莲花"。

我吃过莲藕、莲子，却从未近身与一片莲田凝视过。曾经在《诗经》中瞥见她清丽的身影："山有扶苏，隰有莲华。""山有榛，隰有苓。云谁之思？"……她开启了2500年间"莲"意象的滥觞，是自古以来文人们洁身自好的一种精神寄托。

站在洋岸坂这片 50 亩的莲池前，我仿佛看到了恍若隔世的梦境。莲叶层叠铺展开一片海子，波浪涌过，粉红的菡萏（含苞的莲花）如一盏盏渔火，在波纹中摇曳着。防腐木搭建的木廊，宛若游龙，曲径通幽。我随着它的引领，走进这片莲池，与每一朵莲花惊喜相窥。

我轻轻翻开一层莲叶，在酷暑之下，下方的叶掌中竟还卧着一颗晶莹的露水，它像躺在蚌腹中的珍珠，在莲叶的呵护下做着水晶般无邪的梦，梦中可有这个村庄的青山绿水闪过？层层莲叶之下，一只蜘蛛在莲柄间已经结好了网，它舒坦地趴在网中央，在一隅阴凉之中，等着自投罗网的小虫。莲柄下面就是浑浊的池水与塘泥了，里面应该就藏着我经常吃的莲藕了。忽然，一只燕子在啾啼之中，以蜻蜓点水的轻，振翅踏叶而过，凌波微步，踏浪而起，矫健地凌空一击，而后稳落在池边的树枝上。

徐徐移行，星星点点的菡萏之中，有好几株莲花已经盛放，笔直的花梗如亭亭的身姿，她的面颊泛起娇羞的红，在她摇荡的眼波之中，我分明读出了"多希望，你能看到现在的我，风霜还不曾来侵蚀，秋雨也未曾低落，我已亭亭，不忧，也不惧"的心思。是啊，现在正是她最美丽的时刻，幸好我不是一位男子，不然会害上相思病的吧——"彼泽之陂，有蒲与莲。有美一人，硕大且卷。寤寐无为，中心悁悁……"不枝不蔓的脊梁，是莲柄和花梗与生俱来的体态，它们不会为了生存而屈身，从桥栏的空隙弯曲而出。其刚正不阿的性格，从不曲意逢迎，既不谄媚于阳光，也不屈从于风雨，要么傲然地挺立在天地之间，要么以折断之态庄严地归于尘土，"峣峣者易折"，不免让人唏嘘不已！

不经意间，看到廉政宣传栏上的一句"莫怨清廉淡滋味"，在这片应景的莲池中，我捕捉到一丝禅意。长于污淖而独清于天时的莲花，就是以一颗淡泊的心存世，以此警示于人，是再妥帖不过的了。"淡滋味"或许太过寂寞，但"淡"才能致远。譬如，清淡之物可养

119

身；譬如，君子淡以成；譬如，淡而不厌……"淡"可是有益身心的好"味道"，正所谓"大味必淡"。

不知不觉，已步入莲池中央的八角亭内，抬头一望，亭的八角雕刻着八只龙头，似乎就是它们吞噬着骄阳的烈焰。亭内异常清凉，坐在竹椅上，置身莲花的环抱之中，心不免冷静了下来。幽静之中，风像拨着竖琴一般，拨过山脚的竹林，稠密的声浪带着山水的气息，与满池幽馨的莲香扑面而来，沁人心脾。

我忽然能冷眼面对过往，坦然了。这种莲花赋予我的"冷"，让我心如一泊镜湖，照见了自己。

"行到水穷处，不见穷，不见水——却有一片幽香，冷冷在目，在耳，在衣。"

天色渐晚，我别着一瓣的幽香踏上归程。晚霞中的洋岸坂正散发着婉约含蓄的小美。

亲母岭伏击战

◎ 林　峰

没有邑堡村民，或许就没有那一场漂亮的亲母岭伏击战。

让时光回到1937年8月18日。这一天，闽东红军第一纵队先遣队的100多名战士，从北边的溪边村和西北面的桃花溪进驻位于洋中镇的邑堡村，他们将在这里进行一次休整。邑堡村是叶飞、阮英平、范式人、陈挺等常年活动的区域，是这支红军纵队的基点村，是他们的"家"。邑堡群众革命觉悟高、基础好，一旦突发战役，全村上下俨然是一支强大的特殊"后勤部队"。

看着红军战士个个身穿便衣，脚穿草鞋，几十支单粒快（步枪）、驳壳枪，村里的青年人热血沸腾。与往常不同，这一天，邑堡的村民开始忙碌起来。按照部署，全村分为挑担组、步哨组、后勤组、参战组。

翌日，作为步哨组的村民彭世举、彭世住、彭长榜、彭伏养清晨时分就到大瀑山放哨。他们长于斯，生于斯，对地形地势太熟悉了。村对面是胡坑尾村，两村位于海拔大山之上，两山直线距离仅2000多米，中间隔着一道由西向东的深沟。胡坑尾村来邑堡村，就一条道，必经亲母岭。于是，他们兵分两组，一组明哨，一组暗哨，暗哨设在北边胡坑尾村的黄土岭，一旦发现敌情，立刻用当地方言呼喊

121

"番薯被牛吃掉了"，对面南边的群众一听便知道，有国民党兵进山"围剿"了。

负责后方粮食补给的群众也早早忙碌起来，挑担组的村民彭长瞪、彭成务、彭成溪、彭长春、彭长波、彭世俩等6人，天微微亮就出发，前往镇上买粮食。从邑堡村到镇上约10千米路途，往返最快步行需要2个时辰。

近午时，走在前头的彭长瞪挑着粮食，正过亲母岭南边的十字路，后方20米丛林处传来声音，原来是一队国民党侦察先遣队正在盘问明哨村民。彭长瞪和其他5人险些遇到敌人，机智地躲过一劫，连忙加快脚步赶路。

果然，下午2点多钟，只听前方叫喊"番薯被牛吃掉了"，敌人已经进入了胡坑尾村。

原来，在红军到达邑堡村前，这支国民党省保安旅加强连，从连江、罗源一带一路尾随，相距最近时，只隔着10多里路。在红军到达邑堡村时，国民党追兵就驻扎在亲母岭北面的黄土岭村。

亲母岭，两山夹峙，中间流泻着一条宽十五六米的大泽溪的支流——伞溪，山顶的山都里村与后坊村之间的距离，看似不过1000米左右，却因曾有亲家母对面喊话，走亲戚却走了半天的传说，故而名为"亲母岭"。

中午才过，敌人就过了溪。由于天热，散漫习惯的国民党士兵有一些还下水洗澡。当敌人摇摇晃晃地在骄阳似火的中午开始登亲母岭，吃力地走到山都里、纸湾附近的山道时，陷入了红军的埋伏圈中。红军首长叶飞站在高处，他命令第一纵队队长陈挺，在必经之道亲母岭打个收网之战。面对战情，邑堡村民建议，必须把唯一的一架机关枪架在亲母岭上的最佳点大苓岗（纸湾岗）。

战斗打响了。红军的机枪居高临下，正对着百米外山道上的敌军猛烈扫射，发挥最大"功效"，敌人被制高点的机枪打得晕头转向，四处溃逃。但有一小股敌人以岩石做掩护,与红军对射。红军首长下令吹号佯装撤退,敌人中计,沿着山道往上冲,红军突然转头发起冲锋,一举就将敌人冲散在狭窄的山道上,战斗前后大约持续了2个小时。

邑堡群众自发助战,熟悉地形的他们,带领红军战士在山上拦截搜索敌人,抓了几十个俘虏,缴获几十支枪支交给红军。第二天,躲藏1天之后的敌军残余伤兵,依旧是瓮中之鳖,被熟知地形的邑堡群众捉个正着。

亲母岭战斗的硝烟早已散尽,如今的寂静山道上撒满枯叶,曾经激烈厮杀过的战场上不时地惊起长尾的白鹇。当年的弹孔还残留在早已搬迁的空屋土墙上。当年第一纵队队长陈挺将军回忆这场战斗时说,我闽东独立师以几人轻伤的代价,全歼敌省保安二旅整个连130人。这一次战斗的胜利,把"围剿"的国民党军队打疼了,震动了福建国民党当局,这才不得不坐下来同我们谈判。

这一战,是转折之战,是闽东红军三年游击战斗中的最后一战。可以想象,如果没有邑堡村群众作为坚强的后盾,亲母岭伏击战要取胜,红军必定要付出巨大的代价。由此,我们可以说,邑堡村的群众是无名英雄,正因为有了朴实的他们,有了革命觉悟的他们,才成就了闽东第二次国内革命战争的最后一次胜战。闽东红军由此走上抗日的前线。

浓绿万枝红一点

◎ 吕玉铃

赖岭不是岭，是竹的海。

一条从山坳里奔腾而出的小溪，在密林里绕了几道弯后缓缓地流淌在竹林中。溪边的幼竹，刚吐露出鹅黄的叶子，细细地卷着尖尖，犹如一枚淡绿色的针，不带一点粉尘，翠得快要流出汁来。稀松的枝干舒展着轻轻的叶，静静地倒映在小溪上。身旁成群的大竹子，墨绿色的竹皮上还点撒着粉白，细嫩而光滑，触摸时略感冰凉，修长的身躯笔直耸立，仿佛直挑白云。清风徐来，丛丛翠竹翩翩摇曳，发出沙沙的声响，时断时续，时缓时急，宛如无尽的倾诉，又恰似慷慨的高歌。

竹海深处的赖岭，翠竹摇风，修篁如黛，春山明净如妆。我脑海里还带着竹海的波涛起伏，倏然就被村庄的红色印记震撼了。北宋王安石诗云："浓绿万枝红一点，动人春色不须多。"在我心目中，浓绿万枝正是郁郁葱葱的闽东畲乡，正是美丽如画的宁德九都，而这动人春色的一点红，正是赖岭自然村。王安石笔下的石榴花，是红得发紫的一点春色，赖岭自然村，正是点缀在九都竹海中的一点动人春色！

站在赖岭村口，近看竹影婆娑、绿光闪烁，远望岭峦岑寂、幽深渺远。这个竹海深处的小山村，断续犬吠传远树，呢喃燕语倚雕梁，完完全全是诗化了的景色。天空高远明净，洁白的云朵轻轻飘移；群山旖旎，竹枝青青，仿佛吹来绿色的微风。此时此刻，我被赖岭风光深深地吸引住了，却不承想那树根盘虬的小路尽头，有一座废弃的炮台在山坡一隅蔓延着战争的硝烟。树枝剪下的细碎阳光，斑斓在眼前，流水于潺潺之中，将时光拉得如锦缎一般富有质感，被时光拉得悠远的还有赖岭这座竹篾当墙的红色村落。青瓦上浓郁的苔痕，将村落的似水柔情沁染开去，仿佛还是 1942 年的春天，丁进朝和吴安秀在这儿组建闽东游击队纵队。

闽东青山篝火红，赖岭竹海见兵戎。当年闽东深山地势险要，国民党反动派力量相对薄弱，地方驻军较少，游击纵队在秘密寮里安营扎寨，与敌人周旋。他们在老区群众的支持下，独立活跃于三旺、彭溪、铜镜、坑头、桃花溪、龟山、官岭一带，革命队伍不断壮大，很快由原来的 70 多人枪发展到 100 多人枪。陈列馆中的竹斗笠，让我仿佛看到意志坚定的游击队员在杜鹃花开时，三三两两结伴，从铁牛栏往支提山深处而去。这一路，有春雨迎面，有桃花漫山，有革命者的雄心壮志。他们早已盘算好了，要打击敌人，带着父老乡亲走向光明。他们饥餐渴饮，辗转腾挪，削竹作长矛，在乌云压阵的日子里英勇杀敌。竹笋是战士露营野炊的菜肴，竹节点燃照过黑暗的道路，革命的旗帜悬挂竹梢猎猎招展！

赖岭的竹有着不同寻常的品格，有着摄人心魄的精神和灵魂，它们历经烽火硝烟的洗礼，立成丰碑的身姿。1943 年 1 月，国民党以"合作抗日"为幌子，对游击纵队进行大屠杀，84 名游击队员全部被杀害。在他们倒下的地方已经生长着一片葱郁挺拔的绿竹，它们在这里承载烈士的嘱托，它们在这里延续不屈的生命，它们在这里以最绚烂的方式证明英魂的存在。

为有牺牲多壮志，敢教日月换新天。革命战争年代，赖岭村曾多次受国民党清剿，许多优秀的闽东儿女献出了宝贵的生命：吴圣静，九都乡赖岭村人，1933 年参加革命斗争，历任福宁红军赤卫队队员、闽东工农游击队战士、中国工农红军闽东独立师某部战士，1938 年 2 月北上抗日时失踪，1964 年 12 月被追认为革命烈士；谢兆量，九都镇赖岭村坑头洋自然村人，1936 年初随部编入红军闽东独立师第三纵队，同年 9 月，阮英平带领的部队在虎贝东源村被敌军包围，危急时刻，谢兆量与敌人肉搏血战掩护主力突围，在激战中壮烈牺牲；还有黄景申、林圣潘……英雄的闽东儿女用热血滋养翠竹，他们前赴后继为革命做出了重大贡献，也付出了极大的牺牲！

时光飞逝，革命的硝烟炮火已经消散，但英雄的身影从未远去，那些历经烈火与岁月的革命遗址时刻提醒着人们，先辈们曾为这片土地的解放抛头颅、洒热血。今天，随着交通、通信等基础设施的改善，前来赖岭村进行爱国主义教育和观光摄影的人越来越多。在红色文化的浸染下，作为革命老区的赖岭村，充分利用丰富的红色旅游资源，开启"红绿融合"的发展新篇章。

不忘初心，方得始终。如今，修旧如旧的革命遗址，为传承红色历史、践行闽东革命精神提供了一个重要阵地；好山好水吸引乡贤回归，带领乡亲们做起竹生意，鲜嫩的笋儿走进千家万户……鲜艳的革命红，醉人的生态绿，让这里的山水成资本，资源变资产。

莫嫌枯叶淡，终久不凋零。赖岭的竹海流金溢彩，金是红五星，彩蕴鱼水情。水韵九都镇，云涌的赖岭竹是它重要的组成。这种组成在艰苦岁月叫铁骨铮铮，现在是每个闽东人心中永远的风景！返程路上，我脑海里浮现这个小山村的座座青山和根根绿竹。那座座青山，仿佛珍藏这个村庄在革命战争年代的许多动人故事，那随风摇曳的片片绿叶，仿佛挂满红色记忆……

凤求于栖

◎ 陈承钫

庄子在《惠子相梁》故事里有道："南方有鸟，其名为鹓雏……非梧桐不止……"其言谓凤凰择栖之高贵。

发源于鹫峰山脉和洞宫山脉的霍童溪，像一只高山之巅雍容的凤凰，侃侃落落，富含母仪风范。沿溪两岸下游的村民无不汲其甘霖，普其恩泽，并崇其为福善的图腾。曾几何时，霍童溪这只"雍雍喈喈"的凤凰，像是上演司马相如的《凤求凰》，一路越瀛洲，穿霍童，过邑坂，入溪南，走走歇歇……在九都，也许是被这群山环伺、龙盘虎踞之旖旎景象所吸引，于是在九都村外留下了她的宝贝"鹓雏"——一个新月形水湾。这水湾的湾面上大下小，狭长的弧形又如太极，中间是一片隆出水面的陆地，活脱脱似一只回游归来的小鲸鱼。水湾位于九都村尾，水湾邻岸是一片30多亩的村庄风水林，树木茂密，伟岸参天。

这像新月又如太极的水湾乃上天极致之造化，而岸上雄悍的茂林则是九都村先人依靠智慧战胜自然的造作。关于风水林，村里还留下一段可歌可泣、启智感人的故事。九都村黄姓始祖黄明于元朝年间迁徙到九都（原称"务本"）。九都村属于临溪盆地，一马平川，台风来临，风沙四起，没有遮挡，洪水泛滥时，常常地崩岩裂。300年来，这霍童溪畔的村庄饱受风沙洪水侵扰。在灾难过后，村里百姓常常哭声震天，苦不堪言。直到明朝前期，曾任福清知县的黄姓十二世黄可继告老返乡，带头出资，带领大家种植树木、防沙固堤。黄可继公为了保证树木不受牲畜侵害，故意放自己牲口入林，而宰杀分与众人共享作为护林典范，留下佳话。树木长大成林，郁郁葱葱，解决了九都村长期遭受的风沙和洪水的灾害，村民终于可以休养生息。这片绿意盎然的树林也成为保护九都村的风水林。

风求于栖。霍童溪这只尊贵又桀骜不羁的金凤凰，曾几何时，钦羡九都这片风水林子的美丽，沧海桑田，改辙易道，以小鸟依人姿态，在这里留一湾清流，让风水林怀搂着。水湾和树林子一高一低，一弯一拢，刚柔相济，造化无极，展现自然山光物态之美。这景致，就是九都镇着手规划建设的湿地公园。

晚秋时节，我跟随"扎根生活沃土，助力乡村振兴"文学采风走进九都镇。九都村有章、黄两个大姓，章姓祖先迁入较早，至今已经900多年，黄姓后入九都也达600多年。在村干部的带领下，我们先后参观了相邻的章、黄两姓祠堂，这两处祠堂的布局无不体现九都村先贤的处世之道。黄姓祠堂入户是"下二晋三"的台阶，寓意"谦卑而后进"；章家的祠堂简朴大方，祠堂门口以"七星拱月"的造型，更是道家文化的杰作。两姓祠堂门口还树立着青苔斑驳的旗杆石牌，这说明黄、章两姓在钟灵毓秀九都村和谐相处，不仅依靠智慧战胜自然，而且耕读传家、人才辈出。

从祠堂出来，我们沿着村庄走向湿地公园。九都村保留着好几座明清古建筑，显得那样宁静祥和。它们如记事本，记录着岁月的变迁。随着城镇化发展，和现今大多数农村一样，村里多数是老人留守。他们端坐在自家门口，一副悠闲自在的神态。这幕自在图，反倒让我想起农忙抢收的情景。割稻的、挑粮的、晒场的、打扬的，一个个忙得不亦乐乎！打谷机作响、吆喝牲口、打扬吹风哨、呼唤收场……大爷今天的安闲，大概就是从这忙碌中走来。

时光调度着年岁，时代调整着产业结构，九都村尝试农业结构优化，改变单一种植水稻粮食策略，沿溪两岸农田部分，除了种植水稻，其余种植葡萄、花卉等经济作物。如今，放眼所见，不再是一片黄澄澄的稻浪翻天，取而代之的是瓜果飘香，以及农民和休闲游人采摘鲜花和水果的喜悦。

走过村庄，看过村里村外，最流连的还是那片风水林和湿地公园。一条碎石小道穿过，两旁绿树掩映、落影参差、斑驳陆离，小径通幽，宽阔的溪流阵阵凉风，让人心旷神怡。这一片人工种植的防护林，种植的间距和树苗的选择大概都有讲究，整体布局没有灌木丛般杂乱无章，有蚊母树、楠木、柯等许多珍贵树种，让我们今天可以尽心欣赏着这弥足珍贵的原生态，翻看岁月变迁的历史。湿地，被称为地球之肾，具有吐故纳新功能。九都村尾的湿地公园虽然不大，但一样可以令我们感受到湿地环境之可贵，不仅树木的生机盎然，飞鸟也特别欢悦，溪里水草萋萋、鱼群活跃。风水林是这里水鸟的天堂，湿地公园自然就是天堂中的宝地了。

司马相如在《凤求凰》里这样写道："凤兮凤兮归故乡，遨游四海求其凰……凰兮凰兮从我栖，得托孳尾永为妃。"九都村章、黄两姓先祖也如凤雏择栖了这块风水宝地，矢志不渝，数百年勤于耕拓，用聪明才智创造了今天九都村的兴旺繁荣。

"绿水青山就是金山银山！""栽下梧桐树，自有凤凰来。"

记住那片风水林

◎ 康桂岳

那年我去九都镇九仙村时正逢秋天，天蓝得出奇，云柔得像棉花，飘在山腰。尤其那个月明星稀的夜，我仿佛看见"晨兴理荒秽，带月荷锄归"归隐田园活得自在的陶渊明，还仿佛看见九仙村的美乳峰仰卧在地平线上散发着仙气，心就如沉浮在水之湄、云之巅，飘飘然的，好想成为这里的第十仙。后来，又听说九都村的风水林如何如何，心里一直很向往。此次"扎根生活沃土，助力乡村振兴"的九都文学采风活动启动仪式和座谈会正好在九仙村进行，我不亦乐乎。

仪式、座谈结束后，按照采风团的分组，我选择去九都村，想去造访那片慕名已久的风水林。

我们小组几人在天高、云淡、气净、风清中，越过金秋时节洒满秋阳的发亮的公路，穿过随风起伏的金黄稻田，来到位于宁屏公路九都镇东部距镇仅0.8千米的蕉城区特色畲族村寨——九仙村。

中午在村主任的带领下，走过不知经历多少岁月留下的断墙残垣的老宅，走过街边鲜花盛开的居民屋前，走进弘德书院，了解誉满乡里、德传后世的章原善孝廉事迹。一路走过，我心有所想，口中念叨："风水林快到了吗？"村主任听到了，笑着对我说："现在先带你们去区级文物保护的九都黄氏大厅看看，再去欣赏风水林。"

在黄氏大厅里，我感受到了九都这块土地上人文思想的丰富和文化底蕴的深厚。在岭孝亭旁，我看到一副对联："野花长占四时春，奇石涵盖千古秀。"它和其他古代留存下来的书画墨宝，让人产生惯看秋月春风的思绪。我想，用"惯看秋月春风"这一句词来品味这些几百年前留下的文化遗产，再贴切不过了。一边观赏聆听，一边品味思考，我心潮澎湃，仿佛穿越时空来到元朝，看到黄氏始祖黄明公携儿带女在春天里行走，在开满杜鹃花的霍童山上行走，沿着清澈见底的霍童溪来到九都村，才有了九都村前人栽树，后人乘凉的佳话。

当我们离开黄氏大厅，前往九都村尾街赤岚下时，阳光甚为热烈，还好路边有几棵树为我们遮阳，带水汽的山野之风，不断将我们拂凉。瞧！在不远处，映入眼帘的是一片郁郁葱葱的树林，这就是我心中期待已久的风水林啊！林子里，树木品种五花八门，最耀眼的，应该是蚊母树。当我踏进风水林，发现这片树林的边沿，均系上红线、彩带，有的还挂上了红灯笼，看得出村民对树，一年四季，都心存爱护和感恩。这感情，仿佛树林里透过的阳光、缭绕过的云雾、流动的清风，为这片林子带去抚慰和给养。当我踏进风水林，心中更有一种震撼：那些树，不少都是百年以上的树龄，有的，甚至超过了300年。

据悉，黄氏族人入迁前，由于自然环境的恶劣，祖祖辈辈的村民演绎着一幕幕悲剧。风，吹走了他们的屋顶；沙，袭瞎老人的眼睛，阻挡了人的行动；雨，带来洪水泛滥……一时间，东边传来声音："孩子，你在哪儿？回家呀！"西边传来声音："我的猪没了，我的羊没了，我的牛没了！"南边传来声音："我的房子倒塌了，天哪，现在一家子住哪儿呀？"西边传来声音："我家的庄稼都被洪水淹没，日子怎么过呀？"哭声震天，苦不堪言。这一桩桩、一件件，敲击着一个人的心，这个人就是氏明朝黄氏第十二世可继公 [明拨贡、隆武二年（1646）廷试第一]。曾任将乐、福清知县的他告老还乡，在大难面前挺身而出："我们要摆脱自然灾害，必须要种起一道防护林，我只愿父老乡亲平安长寿、生活富足……我这一生若种不了，我儿子接着种，我儿子种不了，我孙子接着种……总有一天会种好风水林！"他用实际行动，带头出资，用诚恳朴素的语言，感动、鼓励黄氏能人积极参与，买下张氏族人赤岚下荒地30余亩来种植树林。

他们把一棵棵树栽在地里，把一个个希望种在心里。都说河流也许会枯，土地也许会荒，一棵树却不会放弃生长。可是，为什么日复一日，年复一年，幼木不长大，更无法成林？原来当年的赤岚下荒地是牧畜放养的地方，家家户户的马牛羊、猪鸡鸭都在那撒野、觅食，种下去的树苗刚长出的新芽大部分成了它们腹中之物。可继公目睹满目疮痍的种植地，就如看见幼木伸出残缺的手，向人们呐喊、求救、悲泣。他寝食难安，拖着疲惫不堪的身体，天天在园子里转啊转，回到家里拿起烟袋抽呀抽，在煤油灯下，抬头看烟雾一圈圈往上冒呀冒，冒出了个金点子。他兴奋地在村子里发告示："对于畜牧，要圈养，禁止滥放散养，凡牲畜进入风水林地带，踩踏幼木，糟蹋幼苗，一经发现一律宰杀充公，与村民共享。"告示的第二天，东方泛起鱼肚白，天刚蒙蒙亮，为了让告示实施行之有效，他以身作则，率先垂范，不惜牺牲自己的利益，将家里喂养多年的肥猪悄悄赶入苗区，让族长按告示规定，当场宰猪分肉与村民。当村民分到猪肉，并知晓前因后果后，感动得热泪盈眶，纷纷表示，为了我们的家园，为了千秋万代，要管好自家牲畜，努力种好风水林。从此，树木安然地为大地所厚爱，为雨露所滋润，在阳光下一天天地成长。从此，文明之风吹遍村庄，村居、街道干净了，整洁了，村民笑了，他们走上了幸福之道。

万物平等，物竞天择。树有生的权利，只要有土、有水、有阳光，就会生存，就会繁衍。可是树却常为人所摧残。1958年"大跃进""大炼钢"时，需要大量的柴火炼钢，九都村这片风水林又一次遭遇灾难，树被砍毁近半。村民们眼睁睁看着树木被砍伐，心急如焚。据说，当年有一位白发苍苍的老奶奶万般心痛，泪流满面地蹲下身子，抚摸着被砍倒的树，对砍伐的人说："你们不能砍呀，树是我们村子里的神，风水林是村子里的风水宝地，它会给我们带来风调雨顺，保一方平安……"又对乡亲们说："树，千万不能再被砍伐了。你们一定要保住它！"九都村村民，为了追求良性的生存环境，与天斗，与地斗，与人斗，保住了余下的一半树林。虽然树林被毁了，但无法剥夺他们深藏脑海里的绿化意思，这里每一寸土地不再是荒地，而是凤凰涅槃的重生地，他们重新撸起袖子，再一次把树种上。

踏着夕阳，我们漫步在风水林中，在一棵树叶恣肆伸展、树冠挺立如伞的蚊母树前止步，伸出手臂三人合围，才绕着树圈成一圈。我仔细看着蚊母树，它枝叶密集、树形整齐、叶色浓绿，便问村主任："到了深秋这种树会不会变成红色？""不会的。它经冬不凋，春日开出细小红花也颇为美丽。若修剪成圆球，置于门旁或庭前草坪都很适合……"他说，这里一年 365 天都给人春天的感觉。尤其清明过后，雨水多了起来，薄如蝉翼的嫩芽越来越大，仿佛刻意换上一袭绿意蒙眬的新装，树林更加生机勃勃。小鸟、乌鸦、喜鹊、白头翁飞来，在蚊母树上筑巢栖息，洋溢着大自然生命的气息。各种各样的野草，五颜六色的野花，也会欣欣然地从地里冒出来。这里不仅是鸟的天堂，也是孩子们的天堂，鸟在这里起舞，孩子们在这里捉迷藏。女人们会把园子里的野菜、小蒜头、苦菜、黄花地丁、野花装进篮子，把春天带回家。

一阵风吹过，风水林涛声一片。我凝视枝头上的叶子随着风缓缓飘落，它们会飘向何方？我早已知道它们没有远方，除了停留，还是停留。它们也不愿意去远方，因为它们根在这里，亘古如斯。

望着眼前的风水林，我感慨万千，它们任凭四季更迭，任风吹雨打，任世事流转，愈加枝繁叶茂、伟岸挺拔，在岁月沧桑中绽放着顽强的生命，用它独特的方式诠释着存在的意义和价值。

九都这片风水林，也和九都村一样，是一本读不腻的书。

走进黄氏祖厅

◎ 黄友桂

九都黄氏祖厅坐落于九都村街尾，坐北朝南，门前道路为七曲七折，十分独特。主厅台阶有一块不同寻常的青石板，青石板上有四个清晰的自然图案——形如一对脚印，脚印旁边是一个瓷碗大小的圆形图案和一个小圆点。这条道路和青石板的图案由来，有着一段有趣而又感人的传说。

话说当年九都黄氏祖厅竣工之日，黄氏族人在祖厅中大摆宴席庆贺。正当大家喝酒吃肉、觥筹交错之时，祖厅突然来了一位衣衫褴褛、蓬头垢面的乞丐，显得与喜宴格格不入。黄氏族长见此情形，非但没有嫌弃乞丐，反倒热情地将他迎入厅内，邀请他入席，以贵客之礼待之。乞丐便将自己行乞的瓷碗放在主厅台阶的一块青石板上，将拐杖靠在旁边的柱子边。宴席间，黄氏族人都将这名乞丐视为远道而来的贵客，敬酒夹菜，热情款待，无半丝嫌弃之意。

宴罢，乞丐便寻来主持祖厅建设的先生问祖厅前方道路是否已布局，先生说还未布局。乞丐便郑重其事对先生说祖厅所在之地是"燕窝孵蛋"福地，门前道路宜取"七曲朝九狮"布局。先生听罢顿时恍然大悟、茅塞顿开。而乞丐说完话后犹如人间蒸发，一下子不见了踪影。后来人们才知道，原来是李月仙变成凡人乞丐来到人间，恰逢九

134

都黄氏祖厅竣工办喜宴，便试探黄氏族人。他见黄氏族人待一介乞丐尚能如此热情周到，足见黄氏家风的至纯至善，便为其指点迷津。黄氏族人遵照仙人指点，便在祖门前铺了这条七曲七折的道路。那块青石板上也留下仙人的印记。

传说李月仙当年是居住在古瀛洲山上的李姓村民，因救落难青龙而得道成仙。其用龙潭水洗目，目可视地下三尺。

烈士不朽　英风长在

——记长征时期九都扶摇地下党支部书记陈麟呈故事

◎ 戚仕浩　陈美碧

　　这是一个久远的故事。这是一个普普通通的共产党支部书记的故事。这是发生在美丽的霍童溪畔、一个山清水秀的扶摇村里的故事。

　　面对一张革命烈士证明书，我思绪万千，久久难以平静。一个鲜活的陈麟呈形象浮现在我们面前。他热爱党和人民，慷慨献身党的事业。这就是入党誓词里讲的真正的共产党员的精神。"陈麟呈，九都扶摇人。1902 年生。1932 年参加革命，中共九都扶摇中心支部书记，1948 年 3 月在霍童被敌杀害。"这是蕉城区党史方志办公室现存的烈士名单中的记载。

　　今年 7 月 28 日，"大梦蕉城"发表蕉城区党史方志办的深度好文《红色乡村记忆：中央红军北上抗日先遣队在九都扶摇村的故事》。文中赞扬了党支部书记陈麟呈带领全村群众拥军支前的动人事迹。这篇报道引发了陈麟呈后代子孙的热烈反响。不久前，蕉城区实验幼儿园退教分会负责人陈美碧告诉我说："文中的扶摇党支部书记陈麟呈就是我爷爷。他于 1948 年被国民党保安五团抓到霍童活埋了。后被评为革命烈士。"她从微信上发来鲜红的革命烈士证明书:""陈麟呈同志在解放战争中,壮烈牺牲。经批准为革命烈士。特发此证,以资褒扬。中华人民共和国民政部 1983 年 12 月 1 日。"这让我这个退休后又在市、区老区建设促进会拿了十年笔杆子的老新闻,有点蠢蠢欲动,不可自拔。我心想:陈麟呈革命老前辈,从 1934 年当党支部书记起,到 1948 年牺牲为止,这期间或许还有惊人的革命故事可写。抱着热切的期望,我于次日走访了蕉城区党史方志办四级调研员黄生贵,请求这位老朋友帮助查找有关党史资料。热情的黄生贵翻箱倒柜,好不容易找到一份材料《对扶摇中心支部地下革命斗争的片断回忆》。全文近 20000 字,作者陈碧已故,系当年扶摇党支部成员,陈麟呈的亲密战友,写于 1982 年 12 月。这份是他生病期间坚持写的回忆录,为了保存宝贵的党史资料不致失传。今天,我就根据陈碧老前辈的回忆文章,加以整理。在此,特向陈老表达深深的敬仰之情。

霍童溪畔青山绿水的扶摇

扶摇是宁德县白区和苏区接壤的咽喉,西控桃花溪、吴松、支提寺、虎贝和古田、屏南,南连华镜、黄墩、坑尾、石后、洋中,是宁德县革命老根据地的要塞。叶飞、阮英平、颜阿兰和地、县委领导等,经常来这一带组织革命活动。作为中心党支部书记的陈麟呈,根据上级党组织指示,不怕牺牲,勇敢战斗,发挥主导作用,建立了扶摇联络站和武工队,成立了乡苏维埃政府,加强了核心领导力量,坚持开展武装斗争,赢得了"十八年红旗不倒"。陈麟呈从 1934 年担任支部书记起,到 1948 年牺牲为止,连续 14 年当任书记职务不变。这期间扶摇支部成员多次进行调整,但是陈麟呈得到上级和群众的信任,一直是支部书记。他领导的扶摇联络站是县委的点,当时全县设有 9 个联络点,最多时联络人员 33 个。扶摇联络站活动范围半个县,为革命做出了很大贡献。

中央红军到扶摇

1934年农历七月初九下午，扶摇中心支部书记陈麟呈接到安德（福安、宁德）县委通知，做好迎接中央红军北上抗日先遣队的工作。他连忙通知乡苏维埃政府主席陈洪慈及6名支委召开紧急会议，安排迎接工作。他给每个支委分配了任务，并做了部署。派出得力干部叶细茹、陈宜康、陈锦长、陈择湖为向导，待命出发。同时，连夜发动全村力量，碾米200多担，收购蔬菜、笋干、黄豆、蛋品等30多担，及毛猪30头，筹集稻米麦秆，烧开水等迎接部队到来。初十清晨，全村红旗飘扬，歌声嘹亮，儿童团敲锣打鼓迎接红军。6点，工兵营和宣传队先到，陈磷呈立即派人协助工兵营架设扶摇至九都的渡溪铁索桥。他还收集大小船只22条，帮助红军将马匹、火炮等装备运往对岸，派人协助涂写街头大标语。接着大队人马陆续进村，有步兵营、重机枪营、迫击炮营、运输车队、通讯兵连、卫生营等等。9点，部队首长召开会议，会上首长介绍北上抗日的重大意义、国内外形势和中央苏区情况，以及沿途战斗情况、北上抗日的革命前途。陈麟呈向首长汇报了扶摇红色政权建设和粮食物资筹集情况，以及九都一带村庄交通、敌情，当场得到了首长肯定。会上首长布置3个任务：一、继续再派向导。首长对前面派出的4位向导做出肯定，他们使部队顺利插进城郊，狠狠打击了妄图围歼我们的敌人。现在还要2名向导，带路去霍童给敌人必要的打击。二、选择几个有文化知识的青年，协同作战处摸清沿途路线、桥梁、乡村里程、户数及白区武装、苏区组织情况。三、派几个人与部队电台同志配合工作。派2个会说普通话的同志，与苏维埃行军银行结算兑换工作。陈麟呈接受任务后，立即行动，落实到位。当晚，军民联欢晚会上，首长表扬了扶摇中心支部和苏维埃政府完成任务坚决，并奖励革命书籍 30 册。这次由红七军团组编的中国工农红军北上抗日先遣队 6000 大军路过扶摇，大大鼓舞干部群众斗志。特别是部队首长寻淮洲、乐少华、栗裕和刘英的到来，给陈麟呈莫大的鼓舞。他无比激动，号召村民参加红军，参加革命队伍，对革命充满乐观的精神和必胜的信心、勇气。

关爱百姓和游击队员

1934 年冬，反动派对我苏区继续"围剿"，对苏区盐店断绝食盐供应。老根据地人民多数因缺盐引起头晕、目眩、四肢无力，身体健康受到危害。因此解决食盐是当务之急。县委命令扶摇支部要想尽一切办法解决问题。陈磷呈立即派员深入沿海地区，摸清情况。通过对八都伪盐仓经理处的侦察，掌握到运送食盐船只的规律，积极准备做好夺盐斗争。一天傍晚得知，八都盐仓雇了 5 条船去霍童。支部及时派出武工队，出其不意在九都坂头潭处下手，上船对押运人员进行教育，警告他们如果今后再不供应山区食盐要自食其果，同时亮出武器，盐仓搬运工见状乖乖听从指挥。这时队员们动作麻利，连夜把 300 担盐扛走，运到虎贝、古田、屏南等地供给山区农民。

秋风紧，寒衣缺

进入 1947 年 8 月，高山地带寒流来得特别早。伪福建省保安五团和各县保安队，自入夏后大举"戡乱"，进山"清壁"，战事频繁。闽东游击队和屏南、古田第一支队战士，在阮英平、黄垂明、左丰美的带领下，多半都是夜行军，战士身上只穿一件久经雨淋汗流、臭气难闻的黑色军衣。筹备冬衣为战士过冬，靠本县即使有钱也无处购买，成了游击队最大伤脑筋的问题。阮英平与黄垂明商量后，决定把这一艰巨任务交给扶摇联络站。陈麟呈接受任务后，决定由支委黄中绍负责筹办。黄中绍带帮手立即翻山越岭，水陆兼行一路奔波到了福州台江上杭街，在金峰茶行张稷臣处，拿了茶款 8000 万，购回单被、卫生衣、裤、棉布、运动鞋、毛巾和药品等，交给闽江大桥下的接头户，运回八都，再由扶摇联络站水上交通船运回九都，藏在秘密地点，由陈麟呈、黄中绍亲自清点后转到游击队。阮英平、黄垂明大喜，赞扬扶摇党支部雪中送炭情意深。

舍身忘己救亲人

中央红军北上抗日，国民党反动派趁机加紧对苏区的"围剿"。革命低潮中，扶摇党支部在陈麟呈领导下，团结一心带领全村群众坚持了不懈的斗争。乡苏维埃主席陈洪慈家房子被烧、父亲被捕，他本人也被九都联防队抓走。在这紧要关头，陈麟呈沉着勇敢应对，先救出其父亲后，又运用灵活机动的战术，通过巧妙办法，全力营救了苏维埃主席。开头，陈洪慈被捕的消息传开后，对岸的洋岸板村反动大刀会头子带了十几个会徒冲到九都联防队，要将人拖到洋岸板杀头。陈麟呈见形势危急，急忙找到支委黄中绍商量，暗中利用联防队成员黄国昌与黄中绍的堂兄弟关系，见机行事，施计救人。正当双方争吵的紧张时刻，洋岸板大刀会增兵又到，矛盾激烈发展，眼看陈洪慈将被带走。趁着联防队与大刀会双方争吵不休的机会，陈洪慈乘机从监牢的板壁上跳出。黄国昌借机把房门打破，吸引大刀会和联防队去堵住其他路口，暗中帮助陈洪慈安全脱险。党支部一班人团结合力，陈麟呈巧妙施计，终于从虎口中救出了苏维埃主席。此后，扶摇党政班子更加紧密团结，拧成一股绳，共同打敌人。

烧九都碉堡支援攻打八都

1936年10月18日，叶飞和陈挺带领教导队和第二纵队，张云腾带领政工人员20多人，从黄土冬出发，经过板桥、华镜，下午3时到达丹坑村。当晚司令部召开会议研究攻打八都。叶飞命令扶摇支部执行一项任务：天亮前烧毁九都碉堡，切断八都至霍童的电线，以便配合部队行动。陈麟呈坚决执行命令。他在支部会上传达了叶飞指示后，立即派出侦察员刺探军情。当了解到九都伪军1个连，上午开去赤溪没有回来，九都碉堡军力空虚时，陈麟呈当机立断，充分做好战前准备，分工负责，各就各位。他迅速率领武工队冲锋在前。在武装掩护下，队员们手提洋油箱和稻草，闯过了深2米、阔3米的战壕后，按原先分工逐个到位消灭敌人，攻入碉堡后，点燃大火，望着冲天的火光，胜利凯旋。这次任务的胜利完成，有力地配合我游击队攻打下八都，当天叶飞率领队伍返回驻地。

根据敌情变化，灵活改变策略

反动派大肆实行白色恐怖，加强清乡运动，实行保甲制，搞联保联坐。伪县长前来九都编制保甲。为了适应新的斗争形势需要，叶飞和县委张云腾指派支委黄中绍，通过活动当选九都联保主任，陈磷呈当选扶摇保长，陈碧当选副保长。从此，他们成了白皮红心两面人物，对我们的交通和情报工作起了很大作用。

陈麟呈英勇就义

长期劳累致使陈麟呈胃病发作，胃溃疡出血后身体衰弱。养病期间的 1948 年 2 月，保五团连长带一连兵来到扶摇。由于叛徒陈文勤出卖，陈麟呈不幸被捕，后被带去霍童关在营部。敌人对他恨之入骨，百般折磨。在确认了他的身份后，对他软硬兼施，妄图从他口中得知共产党领导人的下落。软的不行，施用电刑、吊打、各式各样严刑拷打，但陈麟呈始终守口如瓶，坚贞不屈，视死如归。敌人无计可施，关了 1 个月后，遂将其活埋于荒山野岭之中。

烈士捐躯，精神长在，永远留在霍童溪两岸，激荡于九都扶摇山水之间，化为一代代人建设美好家园的不竭动力!

诗 歌

人杰地灵（外一首）

◎ 杨 克

海天在这缠绵
生了大大小小的岛屿
闽浙要冲，海滨邹鲁
想想宁德，是多么宁静与安宁

海洋的大
孕育有青、黑、元、黄四屿
日出东方，江水如霞彩
山峦似大团大团的蒲花
德行天下，辖一区两市六县
还有瀑布、峡谷、奇峰、悬崖
异石、怪洞，这是神工
与人文共同联手的杰作
钟灵毓秀如出一辙
集合了世间最有灵性的村子
云气村、九仙村、扶摇村

云淡村，风吹罗带村
一条条溪流蜿蜒逶迤
一口气念了这么多村名
动用了白玉溪、棠口溪、后龙溪
还有金造溪的舌头

霍童溪的石头

时间如初醒，乌水踩舟
留别吴君春庭已成绝响

只有它们憨态可掬，像一个个
永远长不大的顽童
在水边嬉戏，虎头虎脑
在风声中捉迷藏，先把童心
藏好，再把天真找到
大自然的儿戏在这永不
落幕

又像一头头乌猪
将热烘烘嘴巴拱进水里
吸纳天地灵气
拿虾飞鱼跳做文章，溅起
一串串白玉，石头的童声
很是单纯

沿溪古木倒影毵毵

鲈莼返棹，鸡黍留宾

人往人老，只有石头永是少年

偷闲欲学枝头浮动的桐花

清澈的河流，干净如初心

而沿溪的大榕树

细长垂拂、纷披散乱

多像美髯老翁

溺爱地看着河滩上的少年

为"贵"字写一首诗

——给贵村

◎ 树　才

不知道贵村
为什么叫贵村
反正来到贵村的人
都成了贵宾或贵客

"您贵姓""我姓树"

贵村的村口
果然站着一棵贵树
它贵在参天，贵在
多枝，贵鸟可以歇脚
贵风可以钻进钻出

风从天上来能不贵吗

霍童这条贵溪

经过贵村奔向云气

云气村最宝贵的东西

是河滩上的那些贵石头

石头里有诗能不贵吗

其实，贵村的一切

都朴素，如田间农人

茶树、房屋、青山……

蛙鸣、水声、月亮……

你当然都可以加一个贵字

但不加，它们可能更贵

到了云气村（外一首）

◎ 鲁 克

到了云气村，铁石心肠也会软下来
到了云气村，再急的性子也会慢下来
从秦朝走来的那棵老榕树站在村口
结满汉朝的麻雀和晋朝的画眉
盛唐的布谷鸟掠过乌珠滩，向远山飞去
它叫一声，云气村的绿就加重一分
再叫一声，云气村的粉红就加重一分
宋朝的桃花在溪畔烧起来
明朝的流水，载着她们芬芳的相思
你看，民国的云朵落在霍童溪里，洗一洗
还那么新

时光缱绻，云气村容纳你所有的心事
爱一个人，就在霍童溪的波光里拥吻她
想一个人，就把他的名字刻在卵石上
让阳光替你一天天一年年照耀
让溪水替你一千遍一万遍抚摸

亲爱的，如果有一天你也到了云气村
如果你在云气诗滩的石头上读到我的诗歌
那是我在人间活过的证明
那是我在人间爱过的证明
陌生人，我也爱过你
我的爱像霍童溪的水，哗啦啦
我的爱像大地，寂然
无声

霍童溪，乌猪滩

如果可能，请把乌珠滩改回乌猪滩，好吗
那么多乌黑的石猪，健硕，顽劣
它们在霍童溪里拱
拱出的泥鳅欢蹦乱跳
拱出的螃蟹四处乱爬
拱出的草籽长出绿茵
长出露珠，长出蚂蚁蝴蝶
拱出的树种长出森林
长出鸟鸣，长出日月苍苍

霍童溪从《诗经》里流过来
从楚辞里流过来
从唐诗宋词元曲明清长短句中流过来
流到我眼前的时候
就变成新诗了
——它清澈如儿童眼睛

它含蓄如少女嘴唇
深处有闽东汉子的深沉
浅处，又有着闽东媳妇的
欢快与天真——

霍童溪流过乌猪滩的时候
突然慢下来
像我一样舍不得走了
像我一样不知怎么表达
清凉的溪水亲吻着石猪
石猪们也像我一样爱这溪水呀
乌猪滩上，你慢下来，静下来
闭上眼睛，仔细听
你能听见溪水的欢笑
你能听见石猪的哼哼

待我出生，霍童溪早已流过千年
公元 2019 年 5 月 14 日
乌猪滩上，历史流过我的脚丫
历史流过我脚丫的时候回回头
笑了一下，给我留几朵灿烂的浪花

昨夜梦里，我又听见了霍童溪的水声
哗哗，哗哗
后来我听见了呜咽
我开灯，看见从乌猪摊上捡来的那三头石猪
在书案上哭泣，啊，可怜的猪娃

它们也在想家

哦，宁德，哦，云气村，我还会回来
回来看你的青山和绿水
回来看你社会经济的快车道和厚朴民风的慢车道
——我会带上那三个猪娃，亲自
送它们回家

在云气，我看见美好的事物（外二首）

◎ 林秀美

一定有很多很多的水聚在一起

一定有很多很多的蓝聚在一起

一定有很多很多的云聚在一起

风穿过霍童溪

穿过云气诗滩

吹得波浪翻滚

吹得草叶翻飞

我看见霍童溪边的云气诗滩

看见滩边一片片芦苇

真好

站得这么自信　优雅　从容

身边的桂花　野蓼花　三角梅

也没有辜负春天　开得一惊一乍

满山的油桐花妖娆

正一树一树地雪白

茄子　南瓜　毛豆　野芹　豌豆花

还有那些连成片的青草兴致勃勃
像刚刚淘气的孩童在撒野
春天里该发生的事
没有一件在云气村遗忘

这些美好的事物
啼一声就是诗意
开一朵就是春天
这让我更加相信
回眸青春　生命
刚刚开始

一个人和一条溪的相遇

一个人和一条溪的相遇
就像一块石头
一意孤行地追随一条溪流
这一块块不知彼倦的石头
就像一个理想主义者
怀揣梦想　翻山越岭
一路追随
游历人间万象
只为远山从容　大海宽阔
所有的旅程
只是一个故事
一块块石头堆集成云气诗滩
一个个故事堆集成云气诗滩

堆集成纹丝不动的模样
就像有些幸福的日子
一丝也不能妄动

霍童溪水哗哗地流淌
一些思念高过溪水
一些流水留着真情
霍童溪被滋润出一截一截的诗意
沉稳的河滩
正学会一步步地包容和厚爱

有时
一个人和一条溪的相遇
如此偶然　又如此辽阔
让一个人在一条溪里越陷越深
让一条溪在一截时光里越陷越深

那些石头

那些石头
村庄里的沉默者
这些真正的沉默者
带着现实的斑点　坚硬　冰冷
固执地坐在河里

那些石头
奔走的旅程里盛满月光　记忆和故事

在生命的河流中翻滚而来
揣着时间的回响
走向一片苍茫

曾经是深山坚守的一部分
此刻　却顺从一条溪流的安排
顺从于云气诗滩的挽留
在奔流中选择停顿

那些心安的石头
那些石头上的文字
显然是神秘的来者
在时光里浩荡地笑

贵村纪事

◎ 南书堂

一棵大榕树，已逾千年
依然枝繁叶茂
从树下吹过的风，再吹
便如同诵经
锣鼓声中，几头狮子一直试图
挣脱提线，看样子是要
去向树神请安

古榕蓬勃如此，谁还敢言老
明清的街巷不言
晋为纪念品的石磨、水车不言
渡口，纵使布满了
青苔状的孤寂，也不言

我亦不敢言，我怕
这里的事物们笑话，尤其怕
漫山遍野的桐花失望
它们那么灿烂，仿佛使劲呼唤着
我心里还未绽放的那些花

在霍童溪云气诗滩

◎ 剑　男

霍童溪边有一片乌石滩，一首首诗歌
将使它获得新的意义
我们喜欢诗歌对万事万物的命名
喜欢这些石头在诗歌中重新浮出人世
我想那个在石头上镌刻诗歌的人
一定有什么东西同时在他的心中镌刻
那些石头千里迢迢来到这里
一定是为了赶赴今天这场美丽的约会
——你看，因为诗歌
一块块坚硬的石头怀揣了柔情
这多么富有人生的况味
这秘密的遭遇，多像我们心仪的爱情

探访石墩村遗址（外二首）

◎ 叶玉琳

暴雨过后，山更苍翠了

几百只白鹇鸟带来了林中仙气

它们时而展示腾空之美

仿佛要摇醒什么

时而收起翅膀

向一草一木鞠躬

更多是无名树木寂寂生长

直到风中的影子

聚拢成烟，成云

一段悲壮的历史长埋脚下

循着青苔和光斑

一颗朝圣之心

需要穿越多少道无人之门

才能触摸到光荣和不朽

午后阳光映射着悬崖
洁白的雏菊围坐在四周
沉默如风中的老者
我确信他们还在
那块安放灵魂的巨岩也从未消失
在它上面，锻造过银白的刀锋
流淌过汩汩的血
山风凛凛，来不及包扎伤口
却又把旗杆斜插在高高的山顶
如果石头和树木都能说话
那一刻会流出怎样的歌

还有虫鸣和草籽、明月和沟渠
寂静的山谷、瓦蓝的天空
都用来消融暮色，开启黎明
此时，我希望山里面是空的
石头里面也是空的
这一段旅程凛冽而陡峭
恰好能够盛放
别样的天地，别样的壮美之躯

云气诗滩

凿一块石头成语境
邀一阵秋风似故人

明月也在这里修炼

使人忘了舟车劳顿

也许没有内心的羁绊

河滩才能千古不竭

才使虚无变出歌声

两岸青山磨平时间的棱角

想把什么都说出来

又什么都不说

仿佛诗人还乡

守着风和日丽

也修正过大雨滂沱

在这里，大俗抑或大雅

万物皆可内化成诗

在这里，读诗

不再是春天的奢侈

在贵村

远看青山像禅意水墨

近闻水声在风中摩挲

老码头幽深的故事里

没有摄人心魄的怒吼

只有古榕平静地陪伴

没有谁能替她咀嚼酸甜苦辣

她在大地上的盘根错节

使鹰的翅膀高出了许多

多年前的水车早已破损

却生怕漏过每一个音符

这样的大地一隅

没有刀锋，没有眼泪

只有金黄，只有葱绿

那个在溪流中写诗的女孩

也被人一再抒写

像穿过甜蔗林的风

也许她能走得更远

却在一念之间

把人生安顿于此

一天天，看隆起的山峦

与清风一同舞蹈

看那一池水鸟彼此爱慕

闯过途经的湍急与黑暗

和飞奔而来的神秘之人相拥

哦，这是不可言说的秘境

也是最后的家园

在贵村，如果你也被施了魔法

就请收下这突如其来的欢乐

也收下静静流淌的孤独

在云气筑庐而居

◎ 谢宜兴

当我把乌猪滩更名浣诗滩
心里已将霍童溪当作了浣花溪
如果可以，我愿筑庐云气邻水而居

庐还叫五美庐，一段回不去的念想和记忆
选址最好在溪畔，取的是
蒹葭苍苍的诗意与在水一方的寄寓

与枫香林和凤尾竹做好邻居
尊老榕树为族长，在他羽翼下像只鸟儿
回想父亲的慈祥与自己儿时的调皮

门对浣诗滩，取四季青山雾岚
为墙上壁挂。闲坐庭前，翻书或煮茶
入目是白云心事，回味是山野气息

晨昏在溪岸或林间漫步，踱着微风的步子

听流水渔樵问答，看蓝天水中沐浴
野花一路相随，像女儿令人欣喜

南山四皓自是常客，东篱就种菜好了
想起谁，就在溪滩的石上写首诗
交给流水，向远方传递

云气村

◎ 哈 雷

我愿意在这里和你虚度光阴

像玉米缓慢生长

数着琐碎的花瓣，走到村头

看见一群鹅、一头牛闯入了乌猪滩

一些生活会暴露在阳光下

还有一些生活，更加缓慢地

笼罩在鹅卵石上面

为我遮掩尘世情缘的秘密

有云气的地方一定有诗

村庄只是个小小舞台

秋闱拉开的那一刻

枫树成群结队穿梭往来

它们交错的瞬间，有些果实

坠入光亮的土地，有些气息

变得反复，像纯朴的歌谣

在榨蔗石磨里流淌出久远的甘甜

当然，我更愿意和你散落在河床
每一块石头，都让我回忆起光滑的日子
那些和你云游的快乐
接近高飞的鸟、闲走的船
读解不透的诗文。这里
低低的云让时间沉浸下来
让我怀揣旧梦去爱
并且让我学会遥远地吟唱

天擦黑的时候，一阵风
吹散了村舍里的灯光，也吹散了脚步
躲在酒酿背后的呓语
早已押住了冬天温暖的韵脚
河道上，睡在青石上的诗句睁着眼睛
等待蒸腾的云气
作一抹轻渺的飘飞、一束
温柔的倾诉

云气村记

◎ 王文海

春风深入，直接就吹入了去年
我内心微凉，站在霍童溪边
像一个多余的逗点，滩石恣意
钟声不扬，哪片云彩又是爱人的
肩膀，云气张扬兮，惆怅满河谷

拽起一株狗尾草，这是一座村庄的
曙光，将对世界的悲悯
植入暮色里，你看，晚风穿越了
我两次身体，就如我在这里
又被你深爱了两次

云上石

◎ 李晓梅

大地忍不住又热泪盈眶
漫天云气顺从霍童溪的引领
泛起在母亲河的慈光之上

若能溯流而上找到第一缕炊烟
请跪问战乱和瘟疫中逃亡的祖先
一路颠沛怎样安顿了诗意的村庄

若能如青山抱住对出的两岸
请念出星座般高出时光的青石上
百年流水惜别的诗家衷肠

若能像日月之光进入青石的纹理
请按照刀凿顿挫金石爆裂的字迹
说出石头的一天是人类的多少万年

若能在大好河山的一角

贴地为石　做一块天然的镇纸

请守着金声的玉振　云气的出入

说出谁不爱镶嵌在时光中的传世之笔

谁不是久别重逢心若熔岩

种诗云气村

◎ 安 琪

"诗如草木随意长"
我把这句话，种在云气村，和草籽们一起

日头正焰，我的汗水滴落大地
我身体的一部分融入了云气村，和我的期待

诗，真的能如草木随意长吗
我并无这等自信。我贫瘠的灵感还不足以
比拟闽东大地，我贫血的诗句也尚无可能

春风吹又生。于是我把诗种植在云气村
我祈祷气象万千的云霓能为我的诗增色
祈祷霍童溪的清流，洗尽我诗中的尘垢

一粒诗的种子
正在云气村悄悄发芽，此时阳光透亮
此时雨水充沛

我的爱就是长流的水 （外一首）

◎ 孙　文

我是一个多情的女人
不怕别人说三道四
我的爱就是长流的水
这话是在云气诗滩
光天化日之下我对石头说的

霍童溪很干净
可以说些不穿衣服的话
这之前
她们一直躲在心里
不敢出门

云

一朵朵没有出路的云
眼泪是她们的重量

一会儿天上　一会儿人间
没有故乡　一直流浪

世界上
有些云总比另外一些云
更幸福　因为
在云气村
她们有一个家

云一样的石头

◎ 池凌云

可爱的是一块云一样的石头
在萦绕不去的流水声中缓缓升起
船只一样昂着头出航的石头
在古老的天空下穿过一个个现场
孤儿一样空荡荡站立的石头

上千年舒张着灰色的筋骨与肌腱
永在的青春向我们描述
无名的逝者与梦的形状
静默的祈祷，经由一个豁口
向一个心藏悲戚的人涌来

可爱的是一块云一样屹立在荒地的
石头。像一个劳作者的臂膀
所有照耀过我们又褪去的光
所有敞开的风，也抚过它们

无人的时候，一只鸟掠过
像它的心脏在跳动。一声叹息
耸起。此时，一片帆
从远处渡到我的眼里

霍童溪畔（外一首）

◎ 伊　路

看见乌猪滩石头上的云纹
刻在石头上的诗句成了镜头的焦点
我就欣赏它旁边的云纹吧

多少时光创作的
只剩下线条的诗
每一根都弯出无边的天意

它是给我看的
所以你们看不见
旁边的溪水自顾自流去
什么也不看

不远处的云气村
每个屋檐下都有云
那"垂老无所好，所思在远行"的人
已在云之外

贵村

用了很多的寂寞把你放在这里
土墙是寂寞的　三合土天井是寂寞的　石子路
黄狗　老牛　篱笆上的牵牛花　一切的一切
都是寂寞的
因为安宁是寂寞的

寂寞成寂静
就成了药
能透彻脑髓　肺腑　直至无限
有些医院可以拆掉

我吞了几粒鸟鸣　喝几口清风
身心就有裂进的亮

竹筒酸菜（外一首）

◎ 周宗飞

这似乎是闽东仅有的特产
在石磴村，我看到村民
把青菜挤进竹筒腌制
那青菜便有了竹子的清甜
竹筒也有了崭新用途和价值

人生何尝不是如此
相干或不相干的人
若能相互奉献、抱团取暖
又何尝不会获得多重的芳香

在石墩采风

这是初春的早晨
坐在石墩村委楼里
倾听老支书回忆村里

十多位烈士的感人故事

看着窗外的阳光

跃过飞鸟的翅膀

跃过六千亩竹林

停留在一群小黄牛的身上

把稻草垛边上的

老人、妇女和小孩镀得金黄

有一种感动流过我的心头

这不单是对阳光的感动

更多的是对那些烈士

是他们，才给我们带来

今天的宁静和祥和

我把诗心种在诗滩（外一首）

◎ 郑家志

我的诗心
原本是多棱角的青石
刻着一道道岁月的刀痕
我的诗心
总是在夜深人静时
或是在黎明到来之前
吵着闹着，单独和我对话

有一天，我把诗心弄丢了
它可能丢在了密林深处
也可能丢在故乡的云端之上
还可能丢在了无边无际的海底
风里雨里，无处找寻

今天，我在云气乌猪滩
撞见的那颗圆滚滚的石子

一半没在水里，一半露出沙外
它像极了我的那颗诗心
岁月的河流
早已打磨了它的棱角
划痕浅见但油光发亮
和那些根植在河滩上
千百年来张扬个性的乌石
很不相称

喧嚣过后，在青春回眸处
在云气诗滩的乌石中间
我悄悄地挖了一个梦想的坑
把我曾经丢失的那颗诗心
带着我的体温
深情地种下

云气诗滩之歌

在那蓝蓝的港湾
有一条美丽的河流
千年万年静静流淌
霍童溪的两岸
诗一般的村庄
幸福的人儿多情又烂漫

在那缓缓的溪滩
有一位美丽的姑娘

风吹罗带

长发飘飘

唱着柔美的山歌

穿越云气的天空

诉说诗和远方

带上深情的目光

赴一场青春的盛会

诗在草地上流淌

石头在溪滩上歌唱

我们拥抱大地的风光

青春的宴席不散

经典永流传

印记 （外二首）

◎ 何　钊

在这里
所有的先人都应该被缅怀
他们走得如此匆匆
甚至什么都没有留下
一座在九都深山的小小村子
不到百人的村庄
为百丈岩的英风
献出了那么多不朽的名字

支书说，你看
叶飞曾经就住在这座房子
他的女儿就在不远的地方诞生
那些硝烟弥漫的日子
随时都有国民党兵进村
但没有人会去告密

这样的传奇

在这片土地还有很多

那个畲嫂为了救曾志

甚至顾不上自己的孩子

那个村庄，为了革命的种子

押上九家人的性命去担保

这是肉连着筋的印记

说这些的时候

年轻的支书

眼睛里有清澈的亮

他说，喏，这里，那里

这些先人曾经来过的地方

我们会把它们耕作成丰饶的土地

让一拨拨后来人都知道

幸福是从那些艰苦的岁月开始

在华镜

在华镜，风是温柔的

从村头的油菜花

吹到村尾的石板路

在华镜，水是平缓的

有的在低洼的小池里

有的在欢快的沟渠中

在华镜，鸟是安静的
它们梳理着羽毛
在窗户上飞来飞去

在华镜，我是躁动的
我听见那棵树
诉说了百年的秘密

溪边村的老厝

路泥泞，崎岖，坑坑洼洼
悬崖在路边颠簸
他小心地绕过沙坑
去远处山坳的那一座古厝

一百年前
它风华正茂，炊烟缭绕
一百年后
它安静地在这个角落
远离喧嚣

他和他的摩托车都老了
走两步，退一步
阳光从树的缝隙里进来
把古厝照亮的瞬间
褪了壳的摩托车
唱出清脆的冲锋号

没有溪的溪边村
红色的时光在这里复苏
他检视着一砖一瓦
听它们说枪炮齐鸣的往事
仿佛自己依然还是
刚参军的少年

在贵村，霍童溪美得越加委婉

◎ 林小耳

即使她不描眉，没有入世的脂粉味
她甚至没有环佩叮当
可她仍然是最美的女子
远天的红霞读懂了她的娇羞
她的渡船，她的小涟漪
她插满山花的峰峦
缠绕着沙洲和野地的柔软腰肢

此刻悬浮水面的风景
急速烧灼了我的瞳仁
仅是一次睫毛的扇动
我就私藏了你们的美
古渡口，有经年的等待
偶有迎来送往的喧嚷，而更多时候
它安静得像一段泛黄的记忆

我想，我会带走它们

我要霍童溪的水，做我眼底的清泉

我要霍童溪的清丽，植入我的眉睫

我要霍童溪的腰肢，是我柔软的腰肢

我更要霍童溪畔的山花缀满我的裙裾

贵村，就让我做你草香的女儿吧

我喜欢你苍翠的苔痕

喜欢你的野苇在我的眉头，浅浅起伏

我还喜欢你的渡口笼起的清雾

它可以让一个人的身子模糊

它可以让一颗微笑的心

转眼，就做了霍童溪的半亩花田

春天重游云气村

◎ 董欣潘

杜鹃红火，桃花艳丽

香樟树翠绿的叶子正在泛黄

蓍草、菅和郁，这些从《诗经》里

款款走来的山村女子，春光下

它们腰身婀娜，微风拂面，气清香浓

而乌猪滩里，溪水张驰有度

这些天生的石头都是有福的石头

它们饱受诗歌的喂养，云气的滋润

已成为人间最灵动的一枚

我也是一粒石子，但粗粝、庸俗

怀揣美好的心愿，与诗神相遇

石墩村纪事（外三首）

◎ 韦廷信

一路翻山越岭

我们从人的世界

进入树的世界

面对满山的树木

我只认得

把我们团团围住的毛竹

我们像是进犯的敌人

被重兵拦截

这些树虽然大部分叫不出名

但我深知

它们久居深山，极具灵性

有些甚至耸入云峰

可探得天机一二

亲母岭

我们站在亲母岭哨岗遗址上

灌木丛挡住了

山谷中流动的亲母溪

但革命的回响

依然穿过层层灌木

激荡在我们心间，不远处

一只长尾白鹇就停在

当年机枪伏击敌人的最佳位置

亲母岭大苓岗上

酷似一个仙风道骨的老者

秘密寮

两棵上了年月的水松

笔直地站在坑尾村口

像为村庄祈福的两炷香

丛林密处

有蝴蝶、松鼠、穿山甲

近处有山樱花、红蓝草

它们躲进茅草屋

不定期召开秘密会议

小叶香樟就在茅草屋门口放哨

负责联络的旅鸫

偶尔飞回来

把最新的讯息递给

夜间出没的猫头鹰

这群可爱的家伙

一同守护着这个村庄的秘密

扶摇

村口的一株古榕树体内
升起一阵
急剧盘旋而上的暴风
树下的种子
正破土而出
我们在扶摇村
观日落
同行的人说
请接受一轮落日
话到此处戛然而止
一只蝼蛄抬抬头
再如日中天的事物
也需要接受它巨大的落下

九都诗章

◎ 姚世英

乌猪滩上的晒诗石

支提仙人，率领一支乌猪义勇队
没等赶到
人间泛滥的缺口已经补上
乌猪刹那化作石头

清溪融化了多少的乌猪泪
不承想有人在它背上刻上一段
隽永的友情

然后诗人墨客源源不断
来撷取一朵朵发光的寂寞
一支神笔点在一头乌猪的背上
就激活一块石头

每一块石头渴望着复活成才
为家乡增光添彩
手拉手，代代延续
云的情怀，诗的足迹

贵村的石头

在贵村
霍童溪里的石头，像泥鳅
从人性里钻出
它披着五彩，孔雀开屏
诗人们就被俘虏了
树才挑了小的又想抱大的
汤养宗含着热泪对着蓝天喊
我又回来了

我对着流年似水
笑容偷偷溢出来
因为有一朵浪花对我回眸

是谁，吹来一口仙气

九仙村，名符其实
饮泉沐光，辟谷食气
茅屋石洞只宜仙人居
人仙殊途，别忘了
第一次村庄被风吹

祸兮福兮
有个大仙警示以神谕

第二次一条长龙穿越山岭
那是谁吹来一口仙气
又一次把村庄吹下来
直接吹进了幸福窝
可见九仙
比八仙多一口气，叫福气

云气诗滩

◎ 林一平

冥顽如石
但今天面对河滩上
满腹经纶的乌猪石
词典要改写

我也是一块
顽冥不化的石头
会晤了扶摇、九仙、云气
那一群金秋仙子
也变得满腹风骚
不吐不快